어
느
생
애

일러두기

- 이 책은 Guy de Maupassant, 『*Une Vie*』(Project Gutenberg, 2006)를 참고했습니다.

Une Vie

어느
생애

기 드 모파상 지음

기 드 모파상

1888년 사진가 나다르가 찍은 모파상의 사진. 모파상은 프랑스 사실주의의 대표 작가다. 27세경부터 신경질환을 앓아 고통을 겪으면서도 10여 년간의 문단 생활에서 약 300편의 단편소설, 기행문, 시집, 희곡 그리고 장편소설 등 다양한 작품을 남겼다.

『어느 생애』 삽화

1883년 출간된 『어느 생애』의 삽화로, 화가 르루(A. Leroux)의 그림을 판화가 르모인(G. Lemoine)이 판화로 옮긴 것이다.

모파상과 에펠탑

에펠탑은 1889년 파리 만국 박람회를 개최할 때에 프랑스의 건축가 에펠의 설계로 건축된 철탑이다. 현재는 프랑스 파리를 상징하는 가장 높은 건축물이자 세계적으로 유명한 관광지다. 하지만 건축 초기에는 예술가, 지식인을 비롯한 많은 이들에게 도시의 미관을 해치는 흉물스러운 구조물이라는 비난을 받았다. 모파상 역시 그중 하나였다. 모파상은 에펠탑이 보이지 않도록 집의 창문을 반대쪽으로 내었다. 그리고 매일 에펠탑 1층의 식당에서 점심을 먹었는데 그 이유를 '파리에서 에펠탑이 보이지 않는 유일한 장소이기 때문'이라고 대답한 일화가 유명하다.

어느 생애 **차례**

제1장

잔느는 짐을 꾸린 후 창가로 가보았다. 여전히 비가 내리고 있었다. 밤새도록 폭우가 유리창과 지붕을 때렸다. 물을 잔뜩 채우고 있던 하늘에 구멍이 뚫려, 그 물을 온통 땅 위에 쏟아버린 듯, 땅이 온통 흐물흐물 곤죽이 되어 설탕처럼 녹아내렸다. 흘러넘친 개천의 물소리가 텅 빈 거리를 채우고 있었고 해면처럼 습기를 빨아들인 집들의 벽은 마치 땀을 흘리는 것만 같았다.

잔느는 바로 어제 수도원에서 나왔다. 이제 영원히 자유의 몸이 된 그녀는 오랫동안 꿈꾸어 오던 인생의 온갖 행복을 이제 막 손에 잡으려 하는 참이었다. 그녀는 하늘을 올려다보며, 날이 궂어서 아버지가 출발을 미루시면 어쩌나 걱정이 태산이었다.

그때 문 앞에서 "자네트!"라고 부르는 소리가 났다. 잔느는

"들어오세요, 아빠"라고 대답했다.

그녀의 아버지인 '시몽 자크 르 페르튀이 데 보' 남작은 장 자크 루소를 숭배하는 귀족이었다. 그는 선량한 사람이었으며 그것이 그의 장점이자 약점이었다. 그는 아낌없이 보듬고, 아낌없이 주고, 아낌없이 껴안을 팔이 부족할 정도로 선량했다. 그의 선량함은 도처에 흩어져서 어느 것도 그에 저항하지 않는 창조자의 선량함과 같았다. 그의 선량함에는 어떤 의지도 마비되어 있고 에너지도 결핍되어 있어서, 거의 악덕과도 같은 선량함이었다.

그는 루소의 교훈대로 자연을 사랑하는 여자로 딸을 키우고 싶었다. 그것이 딸을 선량하고 얌전한 여자, 자연에서 행복을 찾는 여자로 만드는 길이라고 생각했다. 이론가인 그는 딸을 치밀한 계획하에 교육시켰다. 그는 딸이 열두 살이 되자 성심 수녀원의 기숙사로 보냈다. 그곳에 갇혀 지내게 되면 속된 세상에 물들지 않은 채 순결한 숙녀로 자랄 수 있으리라는 것이 그의 생각이었다. 그곳에서 지내면서 그녀는 저 풍요로운 대지의 소박한 사랑, 동물의 순수한 사랑, 생의 맑디맑은 법칙들을 배우며 영혼의 문을 열게 되리라. 그것은 그가 마음속으로 생각한 시(詩)라는 욕조에 딸을 담가놓는 것과 같았다.

제1장

9

그 딸이 이제 열일곱 살이 되어 수녀원에서 나온 것이었다. 그녀는 연분홍빛 피부 속으로 그대로 녹아드는 것 같은 기름진 금발을 하고 있었으며, 파란 눈은 마치 자기(瓷器)로 만든 네덜란드 인형의 눈 같았다. 콧구멍 좌우로 점이 하나씩 있었으며 턱 위에도 하나 더 있었고, 키가 컸으며 허리는 보기 좋은 곡선을 이루고 있었다. 또렷또렷한 그녀의 음성은 때로는 너무 낭랑하다는 느낌을 주기도 했지만, 그녀의 명랑한 웃음소리는 주변을 환하게 만들어주었다.

"아빠, 가실 거지요?"

"이런 날씨에 어떻게 여행을 하겠다는 거냐?"

"아빠, 제발 떠나요. 오후에는 갤 거예요."

"하지만 네 엄마가 안 된다고 그럴걸."

"걱정 마세요, 아빠. 엄마는 제가 맡을게요."

"네가 엄마만 결심하게 만든다면 나는 아무래도 좋다."

잔느는 한시라도 빨리 레푀플 성관으로 가고 싶었다. 그곳은 이포르 근처 절벽 위에 세워진 조상 대대의 성관이었으며 잔느의 가족들은 여름 한철을 그곳에서 보낼 작정이었다. 잔느는 그곳에서 자연을 한껏 만끽하며 보내고 싶었다. 더욱이 그 성관은 그녀의 명의로 되어 있었으며 그녀가 결혼하게 되면 그곳에서 지내게 될 예정이었다. 따라서 그녀가 들떠 있는 것은 당연했고, 어제부터 세차게 내리는 비는 그녀가 생애 최초로 맞이한 커다란 슬픔이었다. 하지만 3분 후 그녀는 어머니 방에서 뛰쳐나오면서 온 집이 떠나가도록 큰 소리로 외쳤다.

"아빠, 아빠! 엄마가 좋다고 하세요! 말을 매주세요!"

비는 수그러들기는커녕 사륜마차가 문 앞에 도착했을 때는 더 거세진 것 같았다. 잔느가 마차에 막 올라타려는 순간, 남작 부인이 남편과 하녀의 부축을 받아 계단을 내려왔다. 하녀의 이름은 로잘리였다. 코 지방 출신인 그 노르망디 여자는 마치 젊은 남자처럼 건장했으며 아직 열여덟이 될까 말까 했지만 겉모습으로는 스무 살이 넘어 보였다. 로잘리는 하녀였지만 이 집에서는 거의 딸 대접을 받고 있었다. 그녀의 어머니가 잔느의 유모로서 둘이 함께 젖을 나누어 먹으며 자랐기 때문이었다.

그녀의 주 임무는 몇 년 전부터 몸이 뚱뚱해진 남작 부인이 길을 걸을 때 부축해주는 일이었다. 남작 부인은 심장 비대증을 앓고 있었다. 그녀는 숨을 헐떡거리며 계단을 내려오더니 "이게 무슨 정신 나간 짓이람"이라고 투덜거렸다. 그러자 남작이 언제나 그렇듯이 웃는 낯으로 말했다.

"당신이 원한 게 아닌가, 아델라이드 부인."

남작은 아델라이드라는 아내의 어마어마한 가문을 놀리듯이 언제나 '부인'이라는 존칭을 아내 이름에 붙였다.

그들 넷이 마차에 오르고 요리 담당 가정부 뤼디빈느가 마부석 옆에 자리를 잡자 사륜마차가 출발했다. 두 필의 말이 힘차게 끄는 마차는 선박들이 정박해 있는 강변을 지나 대로로 들어섰고, 잠시 후 몇 개의 목장을 지나쳤다.

모두들 아무런 말이 없었다. 남작 부인은 머리를 뒤에 기댄 채 눈을 감고 있었으며 남작은 흐릿한 눈초리로 단조로운 시골 풍경을 바라보고 있었고, 로잘리는 로잘리대로 서민층 특유의 동물적인 몽상에 잠겨 있었다. 그러나 잔느는 달랐다. 그녀는 폭우 속에 갇혀 있던 식물들이 신선한 바람을 쏘이고 되살아난 것과 같은 기분을 느끼고 있었다.

가는 길에 폭우가 조금씩 약해졌다. 얼마 후 하늘이 맑아지더니 서늘하고 부드러운 바람이 행복한 대지의 속삭임처럼 곁을 스치며 불어왔다. 들과 숲을 따라서 새들의 노랫소리가 들려왔다.

부인은 여전히 잠들어 있었다. 남작은 풍만한 배 위에서 깍지를 끼고 있던 그녀의 손 위에 지갑을 올려놓았다. 그 감촉에 그녀가 잠에서 깼고 그 바람에 지갑이 떨어졌다. 지갑이 열리면서 그 안에 들어 있던 지폐와 금화가 밑으로 흩어졌다. 남작은 돈을 주워 부인에게 주며 말했다. 모두 6,400프랑이었다.

"부인, 엘르토의 농장을 팔고 이게 남았다오. 레푀플 성관을 수리하기 위해 그 농장을 판 거지."

그들은 그런 식으로 양친이 남겨준 서른한 개의 농장 중 아홉 개를 팔았다. 하지만 그들은 아직 연간 2만 프랑의 수입이 있었고 관리만 잘한다면 연간 3만 프랑의 수입을 올릴 수도 있었다. 그렇지만 그들의 재산은 점점 줄어들고 있었다. 낭비했기 때문이 아니었다. 그들은 검소했다. 만일 그들의 집안에 '선량함'이라는 구멍이 입을 벌리고 있지만 않았다면 재산을 축내지 않고 충분히 살아갈 수 있었을 것이다. 그 '선량함'이 마치 태양이 늪의 물을 마르게 하듯이 그들의 재산을 고갈시켜가고 있었다. 하지만 어디로 갔는지도 모르게 돈이 없어져도 그들은 피차 양해하며 눈을 감았다. 남을 돕는다는 것은 삶에서의 행복이며 남을 감동시킬 만한 훌륭한 일이 아니겠는가?

어느덧 저녁이 되었다. 해는 지고 은은하게 종소리가 울릴 무렵 그들이 탄 마차가 섰다. 그들이 도착한 곳은 노르망디식의 크고 넓은 저택이었으며 농장이 딸려 있었다. 애당초 흰색이었던 벽은 거의 회색으로 변해 있었다.

집은 좌우대칭형으로 나누어져 있었다. 공동 현관을 통해 그 중 어느 곳으로나 들어갈 수 있었으며, 마주 보고 있는 양쪽 정면으로도 각각 문들이 나 있었다. 그리고 두 건물은 1층 한가운데를 비워둔 채 2층에서 마치 다리처럼 연결되어 있었다.

집 안으로 들어가면 아래층 오른편에 엄청나게 큰 응접실이 있었으며 새들이 노니는 나무들을 수놓은 타피스리가 벽을 장식하고 있었다. 응접실 옆으로는 고서가 가득 찬 서재가 있었으며 그 옆으로 쓰지 않는 방 두 개가 있었다. 그리고 그 왼편에 식당, 부엌, 목욕탕 등이 있었다.

2층에는 복도 양옆으로 열 개의 방들이 있었으며 그중 안쪽 오른편에 있는 방이 잔느의 방이었다. 남작은 최근에 그 방을 새롭게 단장했다.

방으로 들어선 잔느는 침대를 보고 환성을 질렀다. 나무로 만든 네 마리의 큰 새가 침대 네 귀퉁이를 장식하고 있었고, 침상 양쪽도 꽃과 과일 조각들로 장식되어 있었다. 이어서 그녀는 타피스리에 그려진 그림들을 둘러보았고 고색창연한 가구들도 흡족한 기분으로 살펴보았다.

시계가 11시를 쳤다. 남작이 그녀의 방으로 와서 잘 자라고 말한 후 자신의 방으로 갔다. 잔느는 침대에 누웠다. 불을 끄고 누웠지만 아직 마차 안에서 흔들리는 것 같았고 바퀴 소리가 머릿속에서 울리고 있었다. 그녀는 몸을 일으키고 창가로 가서 창문을 열었다.

밝은 달빛에 모든 것이 대낮처럼 훤히 보였다. 유년 시절 그토록 좋아했던 이 고장 전체가 낯이 익었다. 우선 눈앞에 드넓은 잔디밭이 있었다. 그리고 거인처럼 거대한 나무 두 그루가 성관 앞에 우뚝 서 있었다. 북쪽의 나무는 플라타너스였고 그 반대편의 나무는 보리수였다.

잔디밭 끝에 우거진 숲이 있었고 그 숲이 이 영지의 경계였다. 그 너머에는 가로수로 포플러 나무들이 늘어선 두 갈래 길이 있었다. 이 고장이 레푀플이라고 불리는 것은 그 때문이었다. 노르망디 사람들은 포플러 나무를 푀플이라고 불렀다.

그 두 갈래 길 끝에 각각 영지들이 있었고 그 너머에는 절벽이 바다로 떨어지고 있었다. 잔느는 멀리 눈을 들어 파문을 일으키는 바다의 표면을 바라보았다. 이따금 느릿한 바닷바람이 소금기를 품은 공기를 몰고 왔다.

잔느의 가슴이 부풀어 올랐고 그 가슴속은 온통 속삭임으로 가득 차 있는 것 같았다. 그 안에 갑자기 무수한 욕망들이 꿈틀거리며 떠돌고 있었다. 그녀는 이 생생한 시정(詩情)을 향해 친근감을 느꼈고 그것과 하나가 되었다. 이 부드러운 밤의 빛 속에서 인간의 힘을 초월한 그 무언가가 떨리고 있는 것 같았고, 잡을 수 없는 희망, 행복의 숨결 같은 것이 파닥거리고 있는 것 같았다.

갑자기 그녀의 입에서 한 마디 단어가 튀어나왔다.

"사랑!"

그래, 몇 년 전부터 그녀의 가슴을 불안하게 채우고 있던 단어가 바로 사랑이었다. 사랑할 수 있는 시절이 온다! 그것만으로도 그녀는 가슴이 뛰었었다. 이제 그녀는 자유롭게 사랑할 수 있는 몸이 되었다. 오직 만나기만 하면 되는 것이다. 누구를? '그분'을!

그는 어떤 사람일까? 그녀 자신도 몰랐고 사실상 자신에게 물어본 적도 없었다. 그 사람은 그냥 '그분'일 뿐이었다.

그녀가 알고 있는 것은 오로지 하나뿐이었다. 자신이 '그분'을 진정으로 사랑해주면 '그분'도 온 마음을 다해서 자신을 사랑해주리라는 것, 그것뿐이었다. 두 사람은 오늘 같은 밤, 별에서 떨어지는 반짝이는 빛의 먼지를 뒤집어쓴 채 둘이 거닐 것이다. 손을 맞잡고 몸과 몸을 붙인 채 다정하게 걸어갈 것이다.

둘은 오직 둘만의 사랑의 힘만으로 굳게 맺어져 있을 것이다. 그리고 그 청순한 사랑은 영원히 계속될 것이다.

그녀는 갑자기 그 사람이 자기 곁에 있는 것처럼 느껴졌다. 그러고는 막연한 예감에 몸을 부르르 떨었다.

'그래, 나는 그 사람과 함께 바다가 내려다보이는 조용한 이곳 성관에서 지낼 거야. 아이는 둘을 가져야지. 사내아이는 남편 것이고 딸아이는 내 것이 될 거야.'

그녀의 눈에는 벌써 아이들이 플라타너스 그늘 아래 뛰어다니는 모습이 보였다.

그때 여명의 찬연한 빛이 떠오르기 시작했다. 그녀는 미칠 듯한 행복감에 젖었다. 삼라만상을 비추는 저 태양! 그래, 저건 내 태양이야! 이제 내 여명이 시작된 거야! 내 생활이 이제 시작되는 거야! 내 희망의 첫 출발이야!

태양을 껴안고 싶은 충동에 그녀는 허공을 향해 두 팔을 치켜들었다. 무언가 이야기하고 외치고 싶었다. 그러나 그와 함께 자신도 모르는 무력감이 밀려왔다. 그녀는 자신이 왜 우는지도 모르는 채 두 손으로 얼굴을 가리고 울었다. 그런 후 침대로 돌아가 그대로 잠에 빠져들었다.

제2장

매혹적이고도 자유로운 생활이 잔느에게 시작되었다. 그녀는 책을 읽거나 몽상에 잠기거나 혼자 근처를 방황하듯 헤매곤 했다. 그녀는 꿈에 취해 느릿느릿 걷기도 했고 한달음에 꾸불꾸불한 골짜기 길을 뛰어 내려가기도 했다. 멀리 해변에서 들려오는 파도 소리에 자신의 마음도 출렁거리는 것 같았다.

그녀는 이따금 노곤해진 몸으로 비탈진 언덕 우거진 풀들 위에 눕기도 했다. 또 때로는 골짜기 모퉁이를 돌았을 때 햇빛을 받아 반짝이는 바다가 갑자기 눈에 들어오면 그녀 주변을 감돌던 행복이 신비스럽게 다가오고 있는 것 같아 환희에 들떴다.

이 신선한 고장의 감미로움에 젖어, 둥근 지평선의 평온함에 젖어, 그녀는 고독을 사랑하게 되었다. 그녀는 오랫동안 언덕 꼭

대기에 앉아 조용히 아래를 내다보곤 했으며, 그럴 때면 바로 눈앞에서 작은 야생 토끼가 깡충깡충 뛰어가기도 했다.

그녀는 해수욕도 즐겼다. 그녀는 대담했기에 바다 저 멀리까지 헤엄쳐 나가곤 했다. 그녀는 바다 물결에 몸을 맡긴 채 팔짱을 끼고 반듯이 누워 저 깊은 창공으로 눈길을 던졌다. 하늘 위로 제비가 쏜살같이 지나가기도 했고 갈매기의 흰 그림자가 눈에 들어오기도 했다. 그러면 그녀는 몸을 세우고 미친 듯이 환호성을 내질렀다.

그녀가 때로는 바다 너무 멀리까지 나가는 바람에 작은 배가 그녀를 데리러 오기도 했다. 그러면 그녀는 배는 몹시 고팠지만 마음도 몸도 가뿐해져, 입술에는 미소를 띠고 두 눈은 행복에 젖은 채 성관으로 되돌아왔다.

남작은 남작대로 농사일을 개혁해보겠다는 뜻을 품었다. 이런저런 시도도 하고 새로운 기구들을 시험해보고, 새로운 외국 품종을 들여와 심고 싶었다. 그는 농부들과 열심히 상의했다. 그러나 모두들 고개를 가로저을 뿐이었다.

남작은 이포르의 뱃사공들과 함께 자주 바다로 나갔다. 그는 그곳의 아름다운 풍광을 둘러본 후에는 어부들과 함께 고기를 잡았다. 낚시로 고등어를 잡기도 했으며 그물을 끌어올리기도

했다. 그리고 저녁 식사 자리에서 신나게 뱃놀이에 대해 이야
기했다.

남작 부인은 그야말로 기를 쓰고 걸었다. 의사가 운동을 하
라고 권유했기 때문이었다. 밤의 냉기가 가시자마자 그녀는 로
잘리의 팔에 기대어 성관을 내려왔다. 외투로 온몸을 감싸고
목도리를 두 장이나 둘렀으면서도 머리를 검은 두건으로 감쌌
고 그 위에 또 빨간 모자를 썼다. 그녀는 성관 모퉁이부터 관목
숲까지 끝없이 왔다 갔다 했다. 그 양쪽 끝에는 벤치가 있었다.
그녀는 5분 정도 걷고 나면 걸음을 멈추고 자신을 부축해주는
참을성 많은 하녀에게 말하곤 했다.

"얘야, 좀 앉자구나. 너무 힘들어."

남작 부인은 벤치에 앉을 때마다 처음에는 머리에 쓰고 있는
모자를, 다음에는 목도리 한 장을, 그다음에는 나머지 목도리
한 장을, 그다음에는 두건을, 그다음에는 외투를 벗어놓았다.
그래서 그녀가 몇 번 산책길을 왔다 갔다 하면 길 양쪽 벤치 위
에는 수북이 옷 보따리가 쌓였고, 점심 식사하러 들어올 때 로
잘리가 그 옷 보따리를 들고 들어왔다.

남작 부인은 오후에도 더 느린 걸음으로 그 산책을 되풀이했
다. 부인은 그것을 '나의 운동'이라고 불렀는데 그것은 마치 '나

의 심장 비대증'이라고 말하는 것과 같았다.

10년 전에 의사로부터 '비대증'이라는 말을 들은 이래, 그 말의 뜻도 잘 모르면서 그 말이 그녀의 뇌리에 콱 박혀버렸다. 그녀는 자기의 비대한 심장을 남작과 잔느와 로잘리에게 대보려고 무진 애를 썼지만 성공하지 못했다. 워낙 부풀어 오른 가슴에 쌓여 있었기 때문이었다.

그녀는 말끝마다 자기 비대증 이야기를 끄집어냈다. 그녀가 하도 자주 그 이야기를 하는 바람에 '비대증'은 그녀만이 앓고 있는 오로지 그녀만의 병이 되었고 다른 사람은 그 병에 대해서는 아무런 권리도 없는 것처럼 되어버렸다. 마치 '옷, 모자, 우산'이라고 말하기라도 하는 듯, 남작은 '내 아내의 비대증'이라고 말했고 잔느는 '엄마의 비대증'이라고 말했다.

젊은 시절 부인은 미인이었으며 갈대보다도 날씬한 몸매를 자랑했었다. 그녀는 사관생도들의 품에 안겨 왈츠를 추었고 시집을 읽으며 눈물을 흘렸다. 체구가 비대해지면서 그녀의 영혼은 더욱 시적으로 비약을 했다. 너무 뚱뚱해져서 안락의자에 몸을 묻힌 채 지내게 되자, 부인의 상념은 온통 사랑의 모험에 젖었고, 자기는 그 모험의 여주인공이 되었다. 그리고 그 자리에서 까딱도 하지 않은 채 몇 시간씩 꿈의 세계에 빠져들었다.

제2장

21

산책을 할 때 주로 로잘리가 그녀를 부축했지만 때로는 잔느가 나설 때도 있었다. 그럴 때면 부인은 딸에게 끊임없이 어린 시절의 추억에 대해 이야기했다. 그러면 딸은 어머니 이야기 속에서 자신의 모습을 발견했다. 그녀는 자기가 엄마와 얼마나 닮았는지, 얼마나 비슷한 것을 간절히 원했는지 발견하고 놀랐다. 그 이야기를 하고 들으면서 어머니와 딸은 최초의 인간의 심장을 뛰게 만든 그리고 인류 최후의 남자와 여자의 심장을 뛰게 만들, 그런 전율을 맛보았다.

어느 날 오후 남작 부인과 잔느가 벤치에 앉아 쉬고 있을 때였다. 길 끝에서 그녀들을 향해 다가오고 있는 뚱뚱한 신부의 모습이 보였다. 그가 다가와 부인에게 인사했다. 이 지방 교구의 주임 사제인 피코 신부였다. 부인은 피코 신부를 완전히 잊고 있었기에 그를 보자 얼굴이 빨개졌다. 그녀는 먼저 찾아뵙지 못해 죄송하다고 사죄했다. 하지만 사람 좋은 주임 사제는 섭섭한 기색은 전혀 없이 잔느를 보며 말했다.

"미인이시군요."

그런 후 그는 벤치에 앉아 땀을 닦으며 이런저런 이야기를 시작했다. 부인은 철학의 시대에 태어나서 별로 신앙심이 없는 아버지 밑에서 자랐기에 성당에는 그다지 드나들지 않았다. 잔느는 수녀원에서 경건한 종교의식을 실컷 맛보았기에, 거기서 해방된 이후로는 미사고 뭐고 안중에도 없었다. 다행히 피코 신부는 둘 다 아직 성당 미사에 참석하지 않고 있다는 것을 눈치채지 못한 것 같았다.

잠시 후 신부가 방문한 것을 안 남작이 밖으로 나왔다. 그는 범신론적인 종교관을 갖고 있었기에 특정 종교의 교리에 대해서는 무관심했다. 그는 예전부터 잘 알고 지내던 신부에게 정중하게 인사한 후, 그에게 저녁 식사를 함께 하자고 권했다. 남작 부인은 신부에게 호감을 가질 수밖에 없었다. 이 육중한 남자의 시뻘건 얼굴과 가쁜 숨소리에서 동류의식을 느꼈기 때문이었다. 신부는 기꺼이 응했다.

디저트가 나올 무렵 주임 사제는 한 잔 마신 데다 즐거운 식사를 한 끝이라서 가족 모두에게 허물없이 이야기를 할 수 있게 되었다. 그는 갑자기 즐거운 생각이 머리를 스쳐 지나간 것처럼 큰 소리로 말했다.

"그래요, 새로 본당 신자가 한 명 생겼어요. 그 사람을 당신들에게 소개해야겠어요. 이름이 드라마르 자작입니다!"

이 지방 족보를 훤히 꿰뚫고 있는 남작 부인이 말했다.

"라마드 드 외르 가문인가요?"

"네, 맞습니다. 작년에 작고하신 장 드라마르 자작의 아드님입니다."

이어서 아델라이드 부인은 그 '남자'에 대해 무수한 질문을 퍼부었고 그 결과, 그 '남자'가 부친의 부채를 모두 정리한 후 선조 대대로 이어져온 성관을 팔았다는 것, 이곳 에투방 지역에 있는 자신 소유의 세 개의 농장 중 한 곳에 자리를 잡았다는 것, 그 농장들의 연 수입이 5,000~6,000프랑이 된다는 것을 알게 되었다. 신부는 그가 낭비를 싫어하는 착실한 젊은이며, 2~3년간 검소하게 지내면서 사교계에 나설 만한 재산을 모은 후 결혼할 예정이라고 그들에게 말해주었다.

남작이 신부에게 말했다.

"신부님, 그 사람을 우리 집에 데리고 오시지요. 이따금 기분 전환이 될 수도 있을 겁니다."

식사 후 사제와 남작은 정원을 함께 산책했다. 그런 후 사제는 가족에게 작별 인사를 하고 성관을 나섰다.

제3장

다음 일요일 남작 부인과 잔느는 성당 미사에 참석했다. 미사가 끝난 뒤 두 사람은 신부를 목요일 점심 식사에 초대하려고 그를 기다렸다. 그런데 신부가 잘생긴 청년과 친근하게 팔짱을 끼고 제의실에서 나오고 있었다. 모녀의 모습을 본 사제가 큰 소리로 말했다.

"이거 정말 잘됐네요! 남작 부인과 잔느 양, 당신의 이웃인 드라마르 자작을 소개해드리겠습니다."

자작은 고개를 숙여 인사했다. 그리고 벌써부터 알고 지냈으면 하는 생각을 했다고 말한 후, 서슴없이 이야기를 하기 시작했다. 나무랄 데 없는 신사의 모습이었다.

그의 얼굴은 뭐랄까, 여성들이 꿈꾸고 있는 그런 풍모, 하지만 같은 남자들 입장에서는 뭔가 불쾌감을 느낄 만한 그런 풍모를 지니고 있었다. 새까만 곱슬머리가 햇볕에 그을린 번질번질한 이마를 뒤덮고 있었으며, 그려 붙인 듯이 번듯한 굵은 두 눈썹 때문에 그의 검은 눈은 더욱 깊고 부드러워보였다.

촘촘하고 긴 속눈썹은 그를 정열적으로 보이게 만들었으니 살롱에서 귀부인들의 마음을 설레게 하거나, 길에서 바구니를 옆에 끼고 가던 처녀가 뒤를 돌아보게 만들 만했다. 또한 눈은 나른한 매력을 지니고 있어, 그를 생각이 많은 사람처럼 보이게 만들어주었고 하찮은 말 한 마디에도 그럴 듯한 의미가 들어 있는 것처럼 생각하게 해주었다. 윤이 나는 섬세한 수염은 약간 억세 보이는 턱을 가려주고 있었다.

그들은 무수히 치하를 나눈 후 헤어졌다.

이틀 후였다. 드라마르 씨가 첫 번째 방문을 했다.

남작과 남작 부인, 잔느는 그와 함께 객실 창문이 보이는 벤치에 앉아 이야기를 나누었다. 드라마르는 주로 이 지방에 대한 이야기를 했고, 자신이 혼자 산책하면서 발견한 훌륭한 경치 이야기도 했다. 이따금 그의 시선이 우연인 양 잔느의 시선과 마주쳤고 그러면 그는 곧 눈길을 돌렸다. 그렇게 우연히 마주친 시선에서 잔느는 이상한 감동을 받았다. 그 시선은 마치 그녀를 어루만지는 것 같았고 그녀를 향해 감탄하는 것 같기도 했다.

작별 인사를 나눌 때 자작의 시선은 잔느를 향하고 있었다. 마치 다른 사람들과 나누는 작별 인사보다 더 공손하게 특별한 작별 인사를 하는 것 같았다. 남작 부인은 그가 아주 매력적인 남자라고, 더할 나위 없이 훌륭한 사람이라고 칭찬했고 남작도 "사실이야. 아주 예의 바른 청년이야"라고 맞장구를 쳤다.

다음 주에는 그를 만찬에 초대했고, 이후로 그는 규칙적으로 레푀플 성관을 방문했다.

그는 대개 오후 4시경에 찾아와서 부인의 이른바 '나의 산책길'에 동행했고 '부인의 운동길'에 그녀의 팔을 부축해주었다. 잔느가 외출을 하지 않았을 때면 둘이 양옆에서 부인을 부축하고 큰길을 이쪽에서 저쪽으로 수없이 느릿느릿 왕복했다. 그사이 자작은 젊은 아가씨에게 거의 말을 걸지 않았다. 그러나 검정 비단으로 만든 것 같은 그의 눈은 푸른 마노 구슬 같은 잔느의 눈과 자주 마주쳤다.

자작과 잔느는 여러 번 남작과 함께 이포르 해안까지 걸어 내려가곤 했다. 그들이 해변에 머물던 어느 날 뱃사공 라스티크 영감이 파이프를 입에 문 채 그들에게 말했다.

"남작 나리, 바람이 좋으니 내일은 에트르타까지 갔다가 어려움 없이 돌아올 수 있겠습니다."

잔느가 손뼉을 쳤다.

"아빠! 그러지 않을래요?"

그러자 남작이 드라마르에게 말했다.

"어떻소, 자작? 거기 가서 점심이라도 듭시다."

소풍 계획은 당장에 결정되었다.

잔느는 새벽부터 일어나 있었다. 부친이 천천히 옷을 입을 때까지 기다린 후 두 사람은 이슬을 밟으며 함께 걸어갔다. 들판을 지나고 새소리가 요란한 숲도 지나서 해변으로 가니 자작과 라스티크 영감은 이미 닻줄 위에 앉아 기다리고 있었다. 라스티크 영감은 다른 두 뱃사공의 도움을 받아 모래사장에 있던 배를 바다에 띄웠다.

돛을 올리자 배는 불어오는 미풍에 거의 흔들림도 느끼지 못할 정도로 조용히 앞으로 나아갔다. 수평선은 하늘과 맞닿아 있어 거의 구분하기 어려울 정도였다. 육지 쪽을 바라보니 곧게 솟아 오른 절벽이 발치에 긴 그림자를 드리우고 있었다. 멀리 앞으로는 여기저기 이상한 모양의 구멍들이 뚫려 있는 거대한 둥근 바위 하나가 물결 속에 코를 처박은 형상으로 우뚝 서 있었다. 에트르타로 들어가는 관문이었다.

잔느는 물결에 약간의 현기증을 느끼면서 한 손으로 뱃전을 잡은 채 멀리 시선을 던지고 있었다. 그러자 신이 창조한 것들 중에서 오로지 셋만이 아름답다는 생각이 들었다. 빛과 공간과 물.

아무도 입을 여는 사람이 없었다. 키와 돛 줄을 잡고 있는 라스티크 영감이 가끔 술병을 들어 병 채로 마셨을 뿐이었다. 그는 마치 제 몸의 한 부분인 듯 쉴 새 없이 파이프를 피워대고 있었다. 남작은 한 사내 몫을 하려는 듯 뱃머리에 앉아 돛을 살피고 있었다. 나란히 앉은 자작과 잔느는 약간 흥분해 있었다. 알지 못할 힘이 그들의 두 눈을 마주치게 한 것인지, 둘이 동시에 눈을 들어 마주 보았다. 둘은 서로의 눈길에서 친근감을 느꼈다. 둘 사이에는 벌써, 추하지 않은 남자와 아름다운 여자가 마주쳤을 때 두 사람 사이에서 필연적으로 일어나기 마련인 미묘하고 막연한 애정이 떠돌고 있었던 것이다. 그들은 그렇게 곁에 앉아 서로를 생각하며 행복했다.

시간이 흐르자 안개가 걷히고 바다는 거울처럼 매끄럽게 찬란한 태양빛을 반사하기 시작했다. 잔느가 감동해서 중얼거렸다.

제3장

"아, 정말 아름다워!"

그러자 자작이 화답했다.

"네, 정말 아름답습니다."

그날 아침의 청명한 빛이 두 사람의 가슴속에 메아리 같은 것을 울리게 해주었다.

홀연 그들 앞에 마치 절벽이 두 다리로 바다 위를 걷는 것 같은 에트르타의 관문이 나타났다. 그 둥근 입구는 배가 지나갈 수 있을 정도로 충분히 높았다. 입구 뒤로는 끝이 뾰족한 바위의 첨탑이 우뚝 서 있었다.

배가 에트르타 해안에 닿자 남작이 먼저 내려 밧줄을 잡고 배를 붙들어 놓고 있는 사이, 자작은 잔느를 팔로 안아 발이 물에 젖지 않도록 땅에 내려놓았다. 그런 후 그들은 나란히 자갈밭을 걸어 올라갔다. 둘 다 이 짧은 포옹에 흥분해 있었다. 그때 라스티크 영감이 남작에게 하는 말이 그들 귀에 들려왔다.

"어쨌든 제가 보기에는 둘이 참 잘 어울리는 한 쌍인뎁쇼."

해변 가까이에 있는 여관에서의 점심 식사는 아주 훌륭했다. 바다는 목소리와 생각을 삼켜버려서 그들을 말이 없게 만들었지만, 식탁은 그들을 마치 어린아이처럼 수다스럽게 만들었다. 아무리 하찮은 일에도 그들은 한없이 즐거워했다.

커피를 마시고 나서 잔느는 산책을 하자고 제안했다. 남작은 가만히 앉아서 햇볕이나 쬐고 있겠다며 둘이 함께 한 시간 정도 거닐고 오라고 말했다.

둘은 이 고장 오두막 몇 채를 곧장 지났고 큰 농장처럼 보이는 작은 성관들도 지나서 눈앞에 길게 펼쳐진 계곡까지 갔다. 출렁거리는 바다가 그들을 노곤하게 했고, 균형을 잃게 했다. 그들은 둘 다 들판을 미친 듯이 달리고 싶다는 생각을 하며 조금은 제정신이 아니라는 느낌이 들기도 했다. 잔느는 이전에 느끼지 못했던 감각에 급격히 사로잡혀 귀가 윙윙거렸다.

태양이 집어삼킬 듯이 둘 위에 내리쬐고 있었다. 길 양옆으로는 익은 작물들이 더위에 고개를 숙이고 축 늘어져 있었다. 벌레들 소리 외에는 작열하는 태양 아래 모든 것이 침묵하고 있었다.

저 멀리 작은 숲이 보이자 두 사람은 그곳으로 갔다. 두 사람은 땅에 쓰러져 죽어 있는 고목 위에 걸터앉아 이야기를 나누었다. 그들은 각자 자신들에 대해 이야기했다. 자신들의 습관, 자신들의 취미에 대해 마치 비밀을 털어놓듯이 낮은 목소리로 친근하게 이야기를 나누었다. 자작은 사교계에 대해 염증이 났다고, 그 무의미한 생활에 지쳤다고 말했다. 그러고는 언제나

판에 박은 듯 똑같은 일만 벌어지고, 진실하고 성실한 이야기는 한 마디도 오가지 않는다고 덧붙였다.

사교계! 잔느는 사교계가 어떤 곳인지 알고 싶다는 생각이 분명 들었으리라. 하지만 그곳은 이곳 시골 생활에 비할 바가 못 된다고 그녀는 이미 확신하고 있었다.

둘은 점점 서로의 마음이 가까워짐을 느낌에 따라 점점 더 격식을 차렸다. 그들은 서로를 '무슈' '마드무아젤'이라고 불렀으며, 미소를 띠고 있는 그들의 시선은 서로에게 녹아들었다. 그들은 자신들 속에 이전에 없던 선량한 마음이 새롭게 생겨난 것만 같았고, 그 다정함이 세상 밖으로 널리 펼쳐지는 것 같았으며 그전에는 신경조차 쓰지 않았던 모든 것들에 대해 새로운 관심이 생기는 것 같았다.

두 사람이 여관으로 되돌아갔을 때 남작은 산책을 나가고 없었다. 남작은 저녁 5시가 되어서야 돌아왔다.

모두들 다시 배에 올랐다. 배는 가벼운 뒤바람을 받아 조금도 흔들림 없이 앞으로 나아갔다. 마치 제자리에 서 있는 것 같았다. 바다가 다시 그들 모두를 침묵하게 했다.

마침내 잔느가 입을 열었다.

"정말이지, 여행을 한번 해보고 싶어요."

그러자 기다렸다는 듯 자작이 맞장구를 쳤다.

"저도 그렇습니다. 하지만 혼자 여행을 하면 좀 쓸쓸하지 않을까요?"

"그렇긴 해요. 하지만 저는 혼자 산책하는 게 좋아요. 혼자서 몽상에 잠겨 있을 때가 얼마나 좋은지……."

그가 그녀를 오랫동안 바라보더니 말했다.

"하지만 둘이서 몽상을 할 수도 있지요."

잔느는 눈길을 낮추었다. 암시일까? 그럴지도 몰라. 그녀는 더 먼 곳을 바라보려는 듯 수평선을 향해 눈길을 돌렸다.

"이탈리아에 가보고 싶어요. 그리스로…… 그래요, 그리스. 그리고 코르시카에 가보고 싶어요, 얼마나 야생적이고 아름다울까!"

자작은 산장과 호수가 있는 스위스가 좋다고 말했다. 그러자 잔느가 말했다.

"아뇨, 저는 코르시카처럼 아주 새로운 곳이 좋아요. 아니면 그리스처럼 추억이 그득한 유서 깊은 곳이거나."

자작은 잔느처럼 들뜨지 않은 목소리로 말했다.

"저는 잉글랜드 같은 나라에 끌립니다. 배울 게 많은 나라거든요."

그 이야기를 시작으로 둘은 세계를 유람했다. 남극과 북극에서 적도에 이르기까지 각 나라들의 흥미로운 점에 대해 이야기를 나누었고, 자기들이 지어낸 풍경에 도취했으며 중국이나 라플란드 같은 나라 사람들의 이상한 풍습에 매혹되었다. 그러나 결국 그들은 이 세상에서 제일 아름다운 나라는 프랑스라는 결론에 도달했다. 기후도 온화한 데다 여름에 선선하고 겨울에 따뜻하며, 풍요로운 들판과 푸른 숲에 잔잔한 큰 강들이 흐르고 있고, 아테네의 위대한 세기 이래 이 세상 그 어느 곳에서보다 예술을 가장 사랑하는 곳이 바로 프랑스라고 그들은 입을 맞추었다.

그들이 입을 다물었을 때 바람조차 불어오지 않았고 사방은 정적에 휩싸여 있었다. 그때 수평선으로부터 한 줄기 서늘한 바람이 불어왔다. 태양은 더욱 낮게 드리워져 마치 피를 흘리고 있는 것 같았다. 석양은 짧았다. 얼마 안 있어 별이 떠올랐다. 라스티크 영감이 다시 노를 잡았다. 바다가 인광처럼 반짝였다.

잔느와 자작은 나란히 앉아서 보트가 뒤에 남기는 떨리는 빛을 바라보았다. 둘 다 아무 생각도 하지 않는 것 같았다. 그저 막연히 먼 곳을 바라보며 달콤한 행복에 젖어 밤공기를 들이마시고 있었다.

잔느가 한 손을 의자에 딛는 순간 우연인 듯 옆에 앉은 사람의 손가락이 그녀의 살갗에 닿았다. 그녀는 놀라서 움직임을 멈추었다. 그 가벼운 접촉만으로도 그녀는 행복했고 어지러웠다.

그날 밤 자기 방으로 들어가면서 잔느는 자신의 마음이 이상하리만치 들떠 있음을 느꼈다. 그녀는 감동에 젖어 무엇을 보건 울고만 싶을 지경이었다. 그녀는 꿀벌 모양의 추가 달린 시계를 바라보았다. 그녀는 마치 작은 꿀벌이 심장처럼, 다정한 심장처럼 뛰고 있다고 생각했다. 그 작은 꿀벌이 자기 삶의 증인이 되어줄 것이며, 이 똑딱거리는 소리처럼 규칙적인 기쁨과 슬픔의 동반자가 되어줄 것이라고 생각했다.

그녀는 그 무엇에고 입을 맞추고 싶었다. 그녀는 책상 서랍 속에 옛날 자신이 아끼던 낡은 인형이 들어 있다는 게 생각났다. 그녀는 그것을 찾았다. 그리고 마치 옛 친구를 다시 만난 것처럼 기쁜 마음으로 인형을 바라보았다. 그녀는 인형을 가슴에 꼭 안고 인형의 빨간 볼과 곱슬곱슬한 머리카락에 열렬한 키스를 퍼부었다. 그리고 인형을 가슴에 꼭 껴안은 채 꿈에 빠져들었다.

제3장

35

정녕 저분일까? 비밀스러운 수천의 음성에 의해 약속되었던, 더없이 선하신 신의 섭리가 내 인생길에 던져주신 남편일까? 자신을 위해 창조된 존재, 자기의 존재를 바치도록 되어 있는 분이 바로 저분일까? 두 애정이 서로 만나 펼쳐진 후, 이윽고 서로 녹아들어 '사랑'을 낳게 될, 미리 운명 지워진 두 사람일까?

그녀는 아직 자신의 전 존재가 흔들리는 격정, 미친 듯한 황홀감, 저 깊은 곳에서의 격정을 느끼지 못하고 있었다. 하지만 그를 사랑하기 시작한 것만 같았다. 자작을 생각하면 이따금 온몸의 기운이 빠지는 것 같을 때가 있었던 것이다. 게다가 끊임없이 자작 생각이 났다.

그날 밤 그녀는 거의 잠을 이루지 못했다.

그날 이후, 날이 갈수록 사랑하고 싶다는 안타까운 욕망이 그녀를 사로잡았다. 그녀는 끊임없이 꽃과 구름에게 물어보았고, 동전을 하늘로 던져 점을 쳐보기도 했다.

그러던 어느 날 밤이었다. 잠자리에 들기 전에 남작이 그녀에게 말했다.

"내일 아침에는 곱게 차려입도록 해라."

"아빠, 왜요?"

"그건 비밀이란다."

이튿날 잔느가 말쑥하게 차려입고 곱게 화장을 한 후 아래로 내려가니 객실 탁자 위에 봉봉 사탕 상자들이 놓여 있고 의자 위에는 커다란 꽃다발이 놓여 있었다.

마차 한 대가 뜰 안으로 들어왔다. 마차 위에는 '페캉 제과점의 르라. 결혼 피로연 전문'이라고 쓰여 있었다.

이어서 드라마르 자작이 나타났다. 에나멜 장화를 신고 있었고 긴 프록코트 안으로 셔츠의 레이스가 보였다. 넥타이도 정중하게 맨 것이 평소와는 다른 모습이었다. 잔느는 놀라서 그를 마치 처음 보는 것처럼 바라보았다. 머리부터 발끝까지 나무랄 데 없는 신사의 모습이었으며 대영주의 모습이었다.

자작은 웃는 얼굴로 인사하며 말했다.

"대모님, 준비가 되셨습니까?"

그녀는 어리둥절할 수밖에 없었다.

"아니 뭐라고요? 도대체 무슨 일이에요?"

그러자 남작이 말했다.

"곧 알게 될 거야."

곧이어 아델라이드 부인이 로잘리의 부축을 받으며 내려왔

제3장

다. 로잘리는 드라마르 씨의 멋진 옷차림에 너무 감동한 것 같았다. 그 모습을 보고 남작이 자작의 귀에 대고 속삭였다.

"자작, 당신이 우리 하녀의 마음에 들어버린 것 같구려. 안 그렇소?"

자작은 귀밑까지 얼굴을 붉히더니 못들은 척 큰 꽃다발을 집어 들어 잔느에게 주었다. 그녀는 더욱 놀라서 그 꽃다발을 받았다. 네 명은 모두 마차에 올랐다. 가정부인 뤼디빈느는 남작 부인에게 차가운 수프를 건네면서 말했다.

"마님, 정말 무슨 결혼식 같네요."

마차가 이포르에 도착하자 모두 마차에서 내렸다. 그들이 마을을 지날 때 새 옷을 차려입은 어부들이 집집마다에서 나오더니 남작의 손을 잡으며 인사한 후 그들을 뒤따랐다. 자작은 자신의 팔을 잔느에게 맡기고 일행의 선두에서 걸었다.

일행은 교회 앞에서 걸음을 멈추었다. 이어서 성가대 소년 한 명이 은으로 된 큰 십자가를 들고 나타났다. 빨갛고 흰 옷을 입은 소년이 성수가 담긴 단지를 들고 그 뒤를 따르고 있었다.

이어서 나이가 든 세 명의 가수가 그 뒤를 이었고 이어서 나팔수, 마지막으로 금빛 사제복을 떠받드는 듯이 걸친 주임 사제가 나타났다. 그는 미소와 고갯짓으로 인사를 한 후 바다 쪽으로 발길을 옮겼다.

해변에 도착하니 사람들이 화환으로 장식한 새로운 배 주변에 몰려 있었다. 돛이며 돛대, 밧줄마다 기다란 리본이 바람에 나부끼고 있었다. 배 고물 쪽에는 '잔느'라는 배의 이름이 금색으로 새겨져 있었다.

이 배는 남작의 돈으로 건조한 것이었다. 이어서 이 배의 선장인 라스티크 영감이 행렬 앞으로 나섰고 사제는 성가대 소년 두 명과 함께 배의 한쪽 끝으로 걸어갔다. 이윽고 세 사람의 노가수가 음정이 잘 맞지 않는 노래를 부르기 시작했고 배의 축성식이 시작되었다.

사제는 성수를 뿌리면서 배 주위를 한 바퀴 돈 다음, 이 배의 대부모인 잔느와 드라마르 남작 앞으로 와서 기도문을 중얼거리기 시작했다. 대부모는 손을 맞잡고 꼿꼿하게 서 있었다. 잘생긴 청년은 의젓한 표정을 짓고 있었지만 처녀는 갑작스러운 감동에 숨이 막혀 이가 딱딱 부딪칠 정도로 몸을 떨었다. 그녀의 머릿속을 떠나지 않던 꿈이 마치 현실로 나타난 것만 같았다. 사람들은 결혼식 같다는 이야기를 하고, 사제는 바로 앞에서 축복을 하고 있었으며 흰옷을 입은 사람들은 축가를 부르고 있었다. 이건 바로 그녀가 결혼식을 올리는 것이나 아닌지?

그녀의 손가락 신경이 울렸던 것일까? 그녀의 마음의 움직임이 혈관을 통해 옆에 있는 남자의 심장까지 전해진 것일까? 그녀가 일종의 사랑의 취기에 얼마나 흠뻑 젖어 있었는지 그가 알았던 것일까? 혹은 자신의 경험으로 그 어떤 여자도 자신에게 저항할 수 없다는 것을 알고 있을 뿐이었을까? 그녀는 그가 자신의 손을 처음에는 가만히, 이어서 조금 세게, 이윽고 부서져라 강하게 쥐고 있음을 깨달았다. 그리고 그는 얼굴색 하나 변하지 않고 정말로 이렇게, 아주 또렷하게 말했다.

"잔느, 당신이 좋으시다면, 이건 우리 약혼식이나 마찬가지입니다."

그녀는 천천히 고개를 숙였다. 아마 '네'라고 말할 생각에서였을 것이다. 배에 성수를 뿌려준 사제는 맞잡은 그들 손 위에도 몇 방울 뿌려주었다.

그것으로 끝이었다. 모두들 레푀플 성관으로 가서 점심을 함께 했다. 식탁에는 사제도 함께 앉았고 어부와 농부들 수십 명도 식탁 주변에 앉았다.

대모인 잔느는 대부인 드라마르 자작 곁에 앉았다. 그녀는 마냥 행복했다. 아무것도 보이지 않았고 아무 생각도 할 수 없었으며 오로지 기쁨에 정신이 멍할 뿐이었다.

얼마 후 잔느가 드라마르 자작에게 물어보았다.

"자작님, 이름이 뭔지 알려주시겠어요?"

"쥘리앵입니다. 모르고 계셨나요?"

그녀는 대답 없이 머릿속으로 생각했다.

'이제 그 이름을 자주 부르게 되겠지.'

식사가 끝나자 남작 부인이 남작의 팔에 매달렸고 사제의 호송을 받으며 늘 하던 운동을 시작했다.

잔느와 쥘리앵은 관목 숲으로 함께 간 후, 숲 사이에 난 오솔길로 들어섰다. 그러자 자작이 갑자기 잔느의 손을 잡고 말했다.

"제 아내가 돼주시지 않겠습니까?"

그녀는 묵묵히 고개를 숙였다. 그가 더듬거리며 "제발 대답해주세요!"라고 하자 그녀는 천천히 그를 향해 눈길을 들어올렸다. 자작은 그녀의 눈길에서 대답을 읽었다.

제3장

제4장

어느 날 아침 잔느가 아직 자리에서 일어나기도 전에 남작이 그녀의 방으로 들어와서 말했다.

"잔느야, 드라마르 자작이 우리에게 네 손을 달라고 요구하더구나."

그녀는 시트로 얼굴을 가리고 싶었다.

아버지가 다시 말했다.

"곧 답을 주겠다고 했단다."

그녀는 숨이 막혔고 감동 때문에 목이 메어왔다. 잠시 후 남작이 웃으며 말했다.

"네게 아무 상의도 없이 우리끼리 결정할 수는 없잖니. 네 어머니와 나는 이 결혼에 반대하지 않는단다. 하지만 네게 억지로 권하지는 않겠다. 그 사람보다는 네가 훨씬 부자지만 인생의 행복이란 것은 돈에 좌우되는 게 아니란다. 그에게는 부모님이 안 계시지. 그래서 만일 네가 그 사람과 결혼하게 된다면 우리가 아들을 한 명 얻게 되는 셈이란다. 네가 다른 사람과 결혼하게 된다면 우리들의 딸이 다른 집안으로 들어가게 되는 거지. 우리는 그 청년이 마음에 든다. 넌 어떠니? 마음에 드니?"

잔느는 머뭇거렸다. 발끝부터 머리끝까지 온통 새빨개졌다.

"좋아요, 아빠."

아버지는 사랑스러운 눈길로 딸의 두 눈을 바라보며 말했다.

"그럴 줄 알고 있었지."

그날 그녀는 저녁때까지 하루 종일 자기가 무엇을 하는지도 모르는 채 마치 취한 듯 보냈다. 기계적으로 물건을 든다는 게 엉뚱한 물건에 손을 대기도 했고, 별로 걷지도 않았는데 두 다리에 맥이 탁 풀려버렸다.

6시쯤, 그녀가 어머니와 함께 플라타너스 그늘에 앉아 있을 때 자작이 나타났다. 잔느의 심장이 심하게 요동치기 시작했다. 젊은 남자는 전혀 흥분한 기색도 없이 그들에게 다가왔다. 그들 가까이 오자 자작은 남작 부인의 손에 입을 맞추었다. 이어서 그는 젊은 여자의 떨리는 손을 잡고 입술로 가져가더니 길게 감사와 애정이 담긴 입맞춤을 했다.

빛나는 약혼 시절이 그렇게 시작되었다. 그들은 단둘이 객실 구석에 앉아 있기도 했고, 야생의 들판을 내려다보며 관목 숲 비탈길에 앉아 이야기를 나누기도 했다. 이따금 그들은 어머니 산책길을 뒤따르기도 했으며 그는 미래에 대해 이야기를 하곤 했다. 그러면 잔느는 두 눈을 내리고 남작 부인의 발걸음에 뽀 얗게 피어오른 먼지로 눈길을 주곤 했다.

일단 일이 결정되자 모두들 빨리 일을 마무리 짓고 싶어 했다. 결혼 날짜는 6주 후인 8월 15일로 잡았다. 그런 후 신혼부부는 곧바로 신혼여행을 가기로 했다. 잔느는 어디로 가고 싶냐는 물음에 코르시카로 가고 싶다고 대답했다. 이탈리아에서 보다는 단둘이 지낼 시간이 더 많을 수 있다는 이유에서였다.

그들은 결혼식을 조촐하게 치르기로 했다. 그래서 남작 부인의 동생인 리종 이모만 초대하기로 했다. 리종 이모는 베르사유에 있는 어느 수도원에 기숙하고 있었다.

남작 부인은 부친이 작고하자 동생에게 함께 살자고 했다. 하지만 동생은 자기는 모든 사람들에게 방해만 될 것이라며 남에게 귀찮은 존재가 되기 싫다는 생각에, 고독한 사람들에게 방을 빌려주는 수도원에 틀어박혀 지냈다. 그녀는 이따금 찾아와서 한두 달 정도 언니 식구들과 함께 지내곤 했다.

그녀는 자그마한 체구에, 말없이 혼자 모습을 감추며 지내길 좋아했다. 식사 때 잠깐 모습을 보였다가도 이내 자기 방으로 돌아가 들어앉아 지냈다. 아직 마흔두 살 밖에 되지 않았지만 벌써 노인 티가 났으며, 상냥하고 슬픈 듯한 눈매를 가진 여자였다. 그녀는 어릴 때부터도 언제나 한구석에 가만히 있었기에 언제나 남에게 무시를 당했으며 심지어 한 식구로 여겨진 적도 거의 없을 정도였다.

처녀가 되어서도 그녀의 존재는 사람들 눈에 띄지 않았다. 흡사 무슨 그림자거나, 매일 봐서 친숙하지만 그 누구도 귀찮게 하지 않는 익숙한 물건 같은 존재였다. 걸을 때도 늘 소리 없이 빠른 종종걸음으로 다녔으며 그녀의 손이나 발이 닿는 물건들도 그녀의 성격을 그대로 물려받은 듯 조금도 소리를 내지 않았다. 그녀는 그만큼 모든 물건들을 조용히 부드럽게 다루었다.

그녀의 본래 이름은 리즈였지만 무슨 이유에서인지 모두들 리종이라고 불렀고, 잔느가 세상에 태어나자 그녀는 '리종 이모'가 되었다. 잔느에게 '리종 이모'는 그냥 수수한 친척일 뿐이었다.

누구에게나 소박하면서도 수줍은 처제를 형부는 사랑했다. 하지만 일종의 무관심한 다정함, 무의식적인 동정, 자연스러운 친절 같은 것으로 이루어진 애정이었을 뿐이었다. 남작 부인은 리종 이모가 스무 살이었을 때 느닷없이 물에 몸을 던졌던 사건을 염두에 둔 듯, 옛날 젊었을 때 이야기를 할 때면 곧잘 "리종이 무분별했을 때 말이에요"라고 말하곤 했다. 하지만 도무지 그런 짓하고는 어울리지 않는 리종 이모가 왜 물에 몸을 던졌는지 아무도 궁금해하지 않았고 다만 그녀가 정신이 나가서 무분별한 짓을 한 것으로만 여겼다. 그 사건 이후 리즈는 리종이 되었고 누구에게나 좀 모자란 사람 취급을 받았다. 그녀는 만일 그녀가 죽는다 하더라도 집 안에 어딘가 빈 구석이 있다는 느낌을 주지 않을 그런 여자였다. 그녀는 자기 곁에 함께 살고 있는 사람의 생활 속으로도, 그들의 습관 속으로도, 그들의 애정 속으로도 들어가지 않는 여자였다.

리종 이모는 7월 중순경에 집에 도착했다. 그녀는 조카의 결혼 소식에 그녀답지 않게 들떠 있었다. 선물들을 한 아름 안고 왔지만, 그 선물들도 마치 그녀의 분신인 듯 그 누구의 관심도 끌지 못했다. 그리고 그녀가 도착한 다음 날부터 아무도 그녀가 집 안에 함께 있다는 것을 염두에 두지 않았다.

시간이 빠르게 흘러갔다. 결혼을 앞둔 2주일 동안 잔느는 마음이 평온하고 조용했다. 마치 그동안 너무 감미로운 생각에 젖어 있었기에 이제 그만 지쳐버린 것 같았다. 심지어 결정적인 그날 아침에도 별로 깊은 생각에 잠기지도 않았다. 다만 그녀의 살과 피와 뼈가 피부 아래서 녹아버린 듯, 온몸이 텅 비어버린 것 같았다. 그녀는 눈앞의 물건에 손을 대보고는, 자신의 손이 심하게 떨리고 있는 것을 알았다. 그녀는 식이 진행되고 있는 교회 내당에서 비로소 자기 자신을 되찾을 수 있었다.

결혼한 것이다! 그렇다! 이렇게 자기는 결혼을 한 것이다! 새벽부터 지금까지 있었던 모든 일들, 그녀가 본 것들, 그녀 앞의 모든 움직임들이 마치 꿈처럼, 정녕 꿈처럼 여겨졌다. 이제부터 우리 주변의 모든 것은 변한다! 모든 몸짓들이 이전과는 다른 의미를 갖게 되고 시간조차도 평상시대로 흘러가지 않으리라.

그녀는 어리둥절한 기분이었으며 무엇보다 놀라고 있었다. 어제까지만 하더라도 그녀의 삶에는 아무런 변화가 없었다. 다만 삶에서의 희망이 더 가까워졌고 손에 넣을 정도가 되었다는 것만 막연히 느끼고 있었다. 그런데 어젯밤 젊은 처녀로서 잠자리에 들었지만, 이제는 부인이 되어 있었던 것이다.

제4장

그녀는 이제 그녀의 미래를 숨기고 있던 장벽, 온갖 기쁨과 행복들을 그 뒤에 숨기고 있던 장벽을 치워버린 셈이었다. 그녀는 자기 앞에 새로운 문 같은 것이 열리는 것을 느꼈다. 그녀는 '기대하고 있던 것' 속으로 들어가려 하고 있는 것이었다.

식이 끝났다. 모두들 밖으로 나갔다.

그들이 성당 밖으로 나갔을 때 요란한 폭음이 울려 신부와 남작 부인이 깜짝 놀랐다. 농부들이 발사한 소총의 일제 사격 소리였다. 그 소리는 그들이 레푀플로 갈 때까지 계속 이어졌다.

레푀플에 이르자 집안사람들과 사제, 이 마을 시장과 마을 대표들을 위한 간단한 피로연이 마련되어 있었다. 성관 반대편 사과나무 밑에 농부들이 앉아 시드르(사과주)를 마시며 흥청대고 있었고 앞뜰에는 성장(盛裝)을 한 사람들이 잔뜩 모여 있었다.

만찬은 노르망디 관습대로 아주 간단하고 짧게 끝났다. 가족들은 일어나서 응접실로 들어갔고 초대받은 사람들은 모두 물러갔다.

객실로 들어가자 남작과 남작 부인이 뭔가 언쟁을 벌였다. 부인은 약간 얼굴을 붉힌 채, 평소보다 더 숨을 헐떡이며 남편의 요구를 거절했다.

"안 돼요. 나는 할 수 없어요. 어떻게 이야기를 꺼내야 할지

조차 모르겠어요."

남작이 할 수 없다는 표정으로 부인 곁을 떠나 딸에게로 왔다. 남작이 말했다.

"얘야, 나하고 한 바퀴 돌아보지 않겠니?"

딸은 감동한 목소리로 말했다.

"좋아요, 아빠."

그들은 밖으로 나갔다. 밖으로 나가자 바다로부터 불어오는 건조한 바람이 그들의 얼굴을 스쳤다. 이미 가을의 기미를 느끼게 해주는 늦여름의 선들선들한 바람이었다. 남작은 딸의 팔을 가슴에 꼭 껴안고는 부드럽게 손을 잡았다. 그들은 말없이 몇 분을 거닐었다. 그는 망설이면서 어쩔 줄 몰라 하는 것 같았다. 이윽고 결심이 선 듯 그가 입을 열었다.

"귀여운 딸아, 네 엄마가 해줘야 할 일을 내가 맡았구나. 엄마가 못 하겠다고 하니 도리가 없지. 나는 네가 삶에 대해서 얼마나 알고 있는지 모르겠구나. 내가 해주려는 이야기는 아이들이나 처녀들에게는 애를 써서 숨겨두어야만 하는 비밀 이야기란다. 부모들은 딸의 행복을 맡아줄 남자의 품에 딸을 내주기 전까지는, 딸의 순결한 영혼을 지켜줘야 하기 때문이지. 삶의 감미로운 비밀을 덮고 있던 베일을 걷어 올리는 것은, 바로 그

제4장

남자에게 주어진 권리란다. 하지만 이 세상 딸들은 이따금, 그녀들의 꿈 뒤에 감추어져 있던 어느 정도 야만적인 현실에 대해 반항하기도 한단다. 여자들은 영혼과 몸에 상처를 입고는, 인간의 법과 자연의 법이 남편에게 부여한 권리, 절대적인 권리를 거부하기도 한단다. 얘야, 내 더 이상은 말 못 하겠구나. 하지만 이건 절대로 잊지 말아라. 너는 온통 네 남편 것이란다."

그녀가 정확히 무엇을 알았던 것일까? 무엇을 눈치챘던 것일까? 그녀는 뭔지 알 수 없는 무서움을 예감하고 몸을 떨었다.

잔느는 이제 자기 방에서 로잘리의 도움으로 옷을 벗고 있었다. 로잘리는 무슨 이유에서인지 눈물을 쏟고 있었다. 하지만 잔느는 울고 있는 로잘리에 대한 생각은 전혀 하고 있지 않았다. 그녀는 자기가 알고 있던 모든 것, 자기가 소중히 여기고 있던 모든 것들로부터 떨어져 나와, 전혀 다른 나라로 떠나간다는 느낌이 들었기 때문이었다. 자기의 생활뿐 아니라 생각까지도 모두 뒤집혀버린 것 같았다. 심지어 이런 생각까지도 들었다.

'나는 과연 남편을 사랑하고 있는 걸까?'

그러자 갑자기 남편이 얼굴도 모르는 남처럼 여겨졌다. '세 달 전까지만 해도 나는 그런 사람이 있다는 것조차 몰랐어. 그런데 이제 나는 그의 아내가 되었어. 왜 그렇게 된 거지? 어째서 이렇게 빨리 발밑에 뚫린 구멍에 빠져들어 가듯이 결혼으로 그렇게 쉽게 빠져버린 것이지?'

치장이 끝나자 그녀는 침대에 가서 누웠다.

시트가 약간 차가워 몸이 약간 떨렸고, 두 시간 전부터 그녀의 영혼을 사로잡고 있던 차디찬 느낌, 고독하며 슬프다는 느낌을 더욱 크게 해주었다. 로잘리가 밖으로 나갔고 그녀는 기다렸다. 불안한 마음으로, 가슴이 죄어오는 것 같은 마음으로, 뭔지 알 수 없는 그 무엇이, 아버지가 모호한 말로 미리 알려준 그 무엇이, 사랑의 크나큰 비밀이 신비스럽게 그 모습을 드러내기를 기다렸다.

계단을 올라오는 소리가 들리지도 않았는데, 문을 가볍게 세 번 두드리는 소리가 났다. 잔느는 무섭게 몸을 떨기만 할 뿐 대답하지 않았다. 다시 문 두드리는 소리가 났고 이어서 열쇠 돌아가는 소리가 났다. 그녀는 마치 도둑이 자기 방에 스며들어 오기라도 한 듯 이불로 얼굴을 가렸다. 마루 위에서 가벼운 구두 소리가 났다. 그리고 누군가가 침대를 건드렸다.

그녀는 깜짝 놀라 가볍게 비명을 질렀다. 이불 밖으로 얼굴을 내미니 쥘리앵이 웃는 낯으로 그녀를 바라보고 있었다.

"아, 무서웠어요." 그녀가 말했다.

그러자 그가 말했다.

"그렇다면 나를 기다리고 있지 않았던 거요?"

그는 단정한 옷차림에 심각한 표정이었다. 그녀는 이렇듯 단정한 남자 앞에서 이런 모습으로 누워 있다는 것이 너무나 부끄러웠다.

두 사람은 무슨 말을 해야 할지, 어떻게 해야 할지 몰랐고, 심지어 삶 전체의 은밀한 행복이 달려 있을 이 엄숙하고도 결정적인 순간, 서로를 바라볼 엄두도 나지 않았다.

그는 가만히 여자의 손을 잡고 입을 맞추었다. 그러고는 마치 제단 앞에서처럼 침대 앞에 무릎을 꿇고 숨소리처럼 낮은 목소리로 속삭였다.

"사랑해주겠소?"

그녀는 갑자기 마음이 놓여서 머리를 베개 위로 들어 올리면서 쌩끗 웃었다.

"저는 벌써 사랑하고 있어요."

그는 자기 부인의 가느다란 손가락들을 자기 입으로 가져가며 말했다.

"나를 사랑하고 있다는 것을 증명해주겠소?"

그 말에 그녀는 다시 불안에 사로잡혔다. 그녀는 자신이 무슨 말을 하는지도 모르는 채 아버지가 했던 말을 그에게 해주었다.

"저는 당신 거예요."

그는 그녀의 손목에 열정적인 입맞춤을 퍼부은 후 천천히 몸을 일으켰다. 그러더니 갑자기 침대 너머로 한쪽 팔을 뻗어 아내를 껴안더니, 다른 한쪽 팔을 베개 밑으로 넣어 그녀를 천천히 들어올렸다. 그리고는 아주 낮은 목소리로 부드럽게 말했다.

"자, 이제 당신 곁에 나를 위해 아주 작은 자리를 하나 내주겠소?"

그녀는 겁이 났다. 본능적인 공포였다. 그녀는 머뭇거리며 말했다.

"오, 제발, 아직……."

남편은 실망한 것도 같았고 약간은 화가 난 것도 같았다.

"왜 지금 안 된다는 거요? 결국은 그렇게 될 건데……."

그녀는 그 말이 원망스러웠지만 체념하고 다시 말했다.

"저는 당신 거예요."

그러자 그는 재빨리 화장실로 달려갔다. 이어서 옷 벗는 소리, 구두를 벗어 던지는 소리들이 들렸다. 그녀의 귀에는 남편

제4장

의 작은 동작에서 나는 소리가 하나도 빠지지 않고 들렸다.

남편은 내의 한 장에 양말만 신은 모습으로 돌아왔다. 잔느는 눈을 감고 돌아누웠다.

그녀는 자기 다리 사이로 차갑고 털이 난 다른 다리가 빠르게 미끄러져 들어오자 마룻바닥으로 뛰어내리기라도 할 듯 깜짝 놀랐다. 그녀는 두 손으로 얼굴을 가리고 망연자실해서 공포와 두려움에 사로잡힌 채 당장에 비명이라도 지를 것 같은 모습으로 침대 한구석에 몸을 웅크렸다.

그는 가만히 그녀를 다시 침대에 눕혔다. 아내가 등을 돌리고 누워 있었는데도 불구하고 그는 그녀를 단번에 품에 안더니 목덜미에, 잠자리에서 쓰는 모자의 레이스에, 수놓은 속옷 깃에 굶주린 듯한 키스를 퍼부었다.

그녀는 자신의 팔꿈치로 가리고 있는 자신의 가슴을 더듬는 억센 손을 느끼면서 무시무시한 불안감에 사로잡혀 꼼짝도 않고 있었다. 그녀는 이 난폭한 애무에 놀라서 숨을 헐떡거렸다. 무엇보다도 당장 여기서 도망쳐 집 안 어디엔가 숨어버리고 싶었다.

그는 더 이상 움직이지 않았다. 그녀는 자신의 등 뒤에서 그의 체온을 느꼈다. 공포가 가라앉으면서 그녀는 '그래, 돌아누워서 그를 껴안기만 하면 되잖아'라고 생각했다.

그때 그가 초조한 목소리로 말했다.

"그래, 내 귀여운 아내가 되지 않겠다는 거요?"

그녀는 여전히 얼굴을 가리고 있던 손가락 사이로 말했다.

"저는 이미 당신의 아내가 아닌가요?"

그는 약간 퉁명스럽게 대답했다.

"물론이지. 자, 제발 나를 놀리지 말아요."

그녀는 그의 불만에 찬 목소리에 마음이 흔들렸다. 그녀는 용서를 빌기 위해 갑자기 그를 향해 돌아누웠다. 그러자 그는 마치 굶주렸다는 듯 그녀의 허리를 우악스럽게 껴안았다. 그러고는 재빠르게 그녀의 얼굴에, 목에, 가슴에 미친 듯이 키스를 퍼부었다.

그녀는 두 손을 벌리고 자신이 무엇을 하고 있는지, 남편이 무엇을 하고 있는지도 모른 채 가만히 누워 있었다. 그냥 머리만 혼란스러울 뿐이었다. 순간 갑자기 날카로운 아픔이 그녀의 몸을 찢었다. 그녀는 아파서 신음 소리만 내고 있을 뿐이었다.

그다음에 무슨 일이 일어났는지 그녀는 거의 기억할 수 없었다. 정신을 잃고 있었기 때문이었다. 다만 남편이 자기의 입술에 마치 감사라도 하듯이 빗발치듯 입맞춤을 했던 것만이 어렴

제4장

풋이 기억날 뿐이었다.

남편이 다시 한번 그녀를 달래며 사랑을 하려고 했을 때 그녀는 완강히 거부했다. 아무리 달래도 소용이 없자 마침내 그는 돌아누워 움직이지 않았다.

그녀는 절망해서 생각에 잠겼다. 자신이 꿈꾸고 기대했던 것이 정녕 이런 것이란 말인가? 그녀가 꿈꾸고 있던 도취의 순간이란 어디로 갔단 말인가? 그녀가 기대했던 행복이 이런 환멸에 불과하단 말인가? 아내가 된다는 것이 바로 이런 것을 말한단 말인가?

그녀는 절망에 빠져 한참을 그대로 있었다. 그녀는 조금 전까지만 해도 그토록 사나운 격정에 빠져 있던 쥘리앵이 얌전히 있자 그쪽으로 가만히 시선을 돌려보았다.

그는 잠들어 있었다! 입을 벌린 채 아무 일도 없었다는 듯이 잠들어 있었다! 오오, 잠을 자다니!

그녀는 믿을 수가 없었다. 자기를 아무렇게나 취급한 그의 저 짐승 같은 짓보다, 그가 지금 잠자고 있다는 사실 때문에 그녀는 더 화가 났고 모욕을 느꼈다. 이런 날 밤에 어찌 잠을 잘 수 있단 말인가? 그와 그녀 사이에 일어난 일이 그에게는 조금도 놀라운 일이 아니란 말인가? 그녀는 차라리 두들겨 맞고,

폭행을 다시 당하는 편이, 그가 정신을 잃을 정도로 추잡하게 애무를 해오는 편이 나을 것이라고 생각했다. 그녀는 팔꿈치로 몸을 기댄 채, 그의 숨소리, 코고는 소리에 귀를 기울이며 꼼짝 않고 있었다.

동이 텄다. 처음에는 어슴푸레하게, 이어서 밝게, 이어서 장밋빛으로 그리고 눈이 부실 만큼 밝은 빛으로. 쥘리앵은 눈을 떴다. 그는 하품을 하며 기지개를 켜더니 빙그레 웃으며 말했다.

"여보, 잘 잤어?"

그녀는 그가 자기에게 반말을 하는 것을 보고 깜짝 놀라서 엉겁결에 대답했다.

"잘 잤어요. 당신은?"

"아주 잘 잤지."

그러면서 그는 몸을 돌려 그녀에게 키스를 했다. 그런 후 그는 그녀에게 조용히 이야기를 하기 시작했다. 그는 경제적인 관점에서 자기 삶의 계획에 대해 이야기했다. 그의 입에서 몇 번이고 나온 '경제'라는 단어에 그녀는 놀랐다. 그녀는 무슨 말인지 알아듣지도 못하면서 남편의 이야기에 귀를 기울였다. 그사이 오만 가지 생각이 그녀의 뇌리를 주마등처럼 스쳐 지나갔다.

8시 종이 울렸다. 쥘리앵은 자리에서 일어나 밖으로 나갔고

제4장

57

잔느는 점심때가 다 되어서야 얼굴을 비쳤다. 그리고 마치 아무 일도 없었다는 듯이 하루가 지나갔다. 집에 남자가 한 사람 더 늘어났을 뿐이었다.

제5장

나흘이 지나자 부부를 마르세유까지 실어다줄 마차가 도착했다. 불안한 첫날밤을 겪고 나서 잔느는 친밀감을 느낄 정도로 혐오감이 줄지는 않았지만, 이내 쥘리앵의 키스와 애무에 길이 들었다. 어쨌든 그는 미남이었다. 잔느는 자신이 남편을 사랑한다고 생각했다.

남작 부인은 가슴이 벅찬 것 같았다. 마차가 막 떠나려는 순간 부인이 납덩어리처럼 묵직한 지갑을 딸의 손에 쥐어주면서 말했다.

"네가 자잘하게 돈 쓸 데가 생기면 쓸 돈이란다."

잔느는 지갑을 주머니에 넣었고 마차가 출발했다.

저녁 무렵 쥘리앵이 그녀에게 말했다.

"장모님이 그 지갑 속에 얼마나 넣어주셨지?"

그녀는 그런 것은 생각도 하지 않았었다. 그녀는 지갑 속에 들어 있던 돈을 무릎 위에 쏟았다. 금화의 물결이 넘치고 있었다. 2,000프랑이었다. 그녀는 손뼉을 치며 말했다.

"어머, 너무 많아요!"

무더운 더위 속을 1주일 달린 끝에 그들은 마르세유에 닿았다. 이튿날 그들은 코르시카섬의 아작시오를 거쳐 나폴리로 향하는 소형기선 '루이 왕'호에 올랐다. 코르시카! 울창한 잡목 숲! 산적들! 산들! 나폴레옹의 고향! 흥분한 잔느는 저녁이 되었어도 거의 잠을 이루지 못했지만 쥘리앵은 곧 잠에 빠져들었다.

이튿날 그들은 아작시오에 도착했다. 배가 항구에 닻을 내리고 있을 때였다. 감격에 젖어 있는 잔느에게 쥘리앵이 말했다.

"여관 보이에게 20수만 주면 되겠지?"

지난 1주일 동안 그녀가 수없이 들어온 질문이었다. 그는 쉴 새 없이 여관 주인, 보이, 마차꾼 등을 비롯해 온갖 장사꾼들과 말다툼을 했다. 그러다 값을 깎게 되면 그는 두 손을 비비면서 잔느에게 말했다.

"나는 도둑맞는 건 영 질색이거든."

그녀는 그때마다 곁눈으로 남편에게 던지는 사람들의 경멸의 시선을 느끼고 얼굴이 빨개지곤 했다.

둘은 광장 한 모퉁이에 있는 텅 빈 호텔로 가서 점심 식사를 했다. 식사를 마치고 났을 때였다. 잔느가 마을을 돌아보려고 자리에서 일어나자 쥘리앵이 그녀의 팔을 잡더니 귀에 대고 속삭였다.

"여보, 눈 좀 붙이지 않으려오?"

그녀는 어이가 없었다.

"잠을 자요? 난 피곤하지도 않은데요."

그는 아내의 허리를 껴안으며 말했다.

"당신이 필요하단 말이야. 알겠지? 이틀이나……!"

그녀는 부끄러워서 얼굴이 새빨개진 채 더듬더듬 말했다.

"아니, 지금! 사람들이 뭐라고 하겠어요? 어떻게 생각하겠어요? 이 한낮에 어떻게 방을 달라고 하겠어요? 여보, 제발……."

하지만 그가 그녀의 말을 막았다.

"호텔 사람들이 뭐라고 하건, 어떻게 생각하건 그깟 게 무슨 상관이야! 자, 내가 하는 대로 두고봐."

그러더니 그는 벨을 눌렀다. 그녀는 아무 말도 하지 않은 채 눈을 내리깔고 있었다. 그녀는 쉴 새 없는 남편의 이 욕정 앞에서 정신적으로나 육체적으로나 반항을 하고 있었다. 그녀는 그

제5장

61

의 욕정에 굴복하면서도 오로지 혐오감과 체념과 수치심만을 느꼈으며, 그 욕정에서 짐승 같은 짓, 타락한 짓, 요컨대 더러운 짓이라는 느낌밖에 들지 않았다. 그녀의 관능은 아직 잠자고 있었지만 그는 자신의 욕정을 아내도 함께 하고 있는 듯 그녀를 대하고 있었다.

결국 그는 낮에는 방이 없다는 보이를 윽박질러서 방을 구했고 한 시간 뒤 그들은 방에서 나왔다. 호텔을 나서면서 그녀는 뒤에서 종업원들이 킬킬거리는 것 같아 견딜 수가 없었다. 그러나 쥘리앵은 아무런 수치심도 느끼지 못하는 것 같았다. 잔느는 남편의 그런 무신경이 원망스러웠다.

그들은 푸른 만(灣) 속에 숨겨진 그 마을에 사흘 동안 머물렀다. 그들은 섬에서의 여정을 정하고 코르시카 토종말 두 마리를 빌려 새벽에 길을 떠났다. 안내인 한 사람이 식료품을 실은 노새 등에 타고 그들과 동행했다.

그들은 말을 타고 천천히 산기슭을 걸었고 이따금 안내인이 산꼭대기에 자리 잡고 있는 작은 마을들을 멀리서 손가락으로 가리키기도 했다. 잔느는 느릿느릿 걸어가는 여행이 지루해서 가끔 말을 달리기도 했다. 처음에는 남편도 나란히 말을 달렸다.

그러다 남편이 곁에 없는 것 같아 뒤를 돌아보면 남편이 새파랗게 겁에 질린 채 말갈기에 바싹 매달려 오는 모습이 보였다. 잘생긴 기사 같은 얼굴의 남편이 말 위에서 그렇게 겁먹은 꼴을 보이는 게 너무 우스워서 그녀는 실컷 웃음을 터뜨렸다. 그런 후 그녀는 말 걸음을 늦춰 남편과 천천히 보조를 같이했다.

온갖 진귀한 나무들이 빽빽이 자라고 있는 산길을 가다보니 갈증을 느꼈다. 안내인은 두 사람을 샘가로 안내했다. 절벽이 많은 이곳에서는 흔히 볼 수 있는 모양의 샘물이었다. 바위틈에서 새어 나오는 얼음같이 차가운 물줄기를 밤나무 잎 끝에서 흐르도록 해놓은 샘물이었다. 잔느는 그 물을 입에 대면서 희열에 찬 환호성을 참느라 힘이 들었다.

그들은 사곤느만을 돌아 저녁 때 카르제즈 마을을 지나쳤고 피아나에서 하룻밤을 묵었다. 잔느는 온통 벌레가 파먹은 낡은 집에서 옥수수 껍질로 만든 요 위에서 잠을 청하면서 기쁨으로 몸이 떨렸다. 아아, 이것이야말로 진정한 여행이었던 것이다!

다음 날 해 뜰 무렵 그들은 다시 길을 떠났다. 그리고 얼마 지나지 않아 화강암 숲과 마주쳤다. 그야말로 온갖 기이한 형태의 바위들의 숲이었다. 온갖 기암괴석들 앞에서 잔느는 입을 다물 수가 없었다. 그녀는 가슴이 조여오는 것만 같아서 쥘리앵의 손을 꽉 쥐었다. 이 자연의 삼라만상 앞에서 그와 사랑을 나누고 싶어졌던 것이다.

그들이 그 바위 숲에서 빠져 나오자 이번에는 마치 빨간색 화강암 피가 흐르는 것만 같은 바위벽들로 둘러싸인 만(灣)이 나타났다. 푸른 바닷속에 진홍색의 바위들이 그림자를 던지고 있었다. 잔느의 입에서는 저절로 "아아, 쥘리앵!" 하는 감탄사가 흘러나왔다. 하지만 그 말 외에는 아무 말도 할 수 없었다. 오로지 경탄에 넘쳐 가슴이 벅찰 뿐이었으며, 눈에서는 두 줄기 눈물이 흘러넘쳤다.

그러자 쥘리앵이 어리둥절한 눈으로 아내를 바라보며 물었다. "아니 여보, 어쩐 일이오?"

그녀는 눈물을 닦으며 미소 띤 얼굴로 그에게 말했다. 목소리가 떨리고 있었다.

"아무것도 아니에요. 신경이 좀 날카로워졌나봐요……. 모르겠어요…… 감동받았어요. 너무 행복해서 아주 작은 것에도 흥분이 돼요."

쥘리앵은 여자의 이러한 흥분 상태에 대해서, 아무것도 아닌 일에 감격해서 온몸이 진동하듯 떨리는 이 심리 상태에 대해서 아무것도 이해하지 못했다. 여자는 이따금, 그런 감동에 의해 큰 변화를 겪게 된다는 것, 걷잡을 수 없는 그 어떤 감정이 그녀를 기쁨이나 절망에 온통 사로잡히게 한다는 것을 이해할 수 없었다.

그녀의 눈에 흐르는 눈물이 그에게는 우스꽝스럽게만 보였다. 그는 길이 험한 것에만 온통 정신이 팔려 "말이나 잘 살펴보는 게 좋을걸"이라고 말했다.

잠시 후 그들은 만 쪽으로 내려갔다가 다시 계곡을 올라가게 되었다. 거의 기어 올라가야 할 정도로 험한 길이었다. 더 이상 말을 타고 가기가 겁이 난 쥘리앵이 잔느에게 말했다.

"걸어서 가는 게 어떨까?"

잔느로서는 더 이상 바랄 게 없었다. 안내인이 앞장서서 노새와 말을 끌고 둘이서 뒤따랐다. 잔느는 대담하게 앞서 걸었고 남편은 숨을 헐떡이며 현기증이 날 것 같아 땅만 내려다보고 걸었다.

숲에서 나오자 갑자기 햇빛이 그들을 감쌌다. 그들은 목이 말랐다. 그들은 안내인이 일러준 샘가로 갔다. 목동들이 사용하는 샘물이었다. 샘물 앞에 작은 홈이 파인 나무 파이프가 놓여 있었고 그 끝으로 물을 마시게끔 되어 있었다. 잔느는 무릎을 꿇고 물을 마셨다. 쥘리앵도 따라 했다.

잔느가 시원한 물을 흠뻑 맛보고 있을 때였다. 남편이 그녀의 허리를 잡더니 파이프 끝을 빼앗아 물을 마시려 했다. 그녀는 빼앗기지 않으려 했고 둘 사이에 승강이가 벌어졌다. 그들은 서로를 밀어내며 번갈아 파이프 주둥이에 입을 댔다. 둘의 입술이 서로 밀어내고 닿으며 싸웠다. 그 바람에 얼굴이며 목이며 옷이며 손에 물이 튀었다. 진주 같은 물방울들이 그들의 머리칼 위에서 반짝였다. 그들의 입맞춤이 흐르는 물을 따라 함께 흘렀다.

갑자기 잔느는 사랑의 영감을 느꼈다. 그 여자는 맑은 물을 볼이 가죽 주머니처럼 부풀어 오를 정도로 입에 가득 넣고는 입에서 입으로 쥘리앵의 갈증을 풀어주고 싶다는 시늉을 해보였다. 그는 웃음 띤 얼굴로, 두 팔을 벌린 채 고개를 뒤로 젖히고 목을 앞으로 내밀었다. 그는 이 생생한 육체의 샘물을 단숨에 받아마셨다. 그것은 저 깊은 뱃속으로부터 솟구쳐 오르는 불타오르는 욕정의 샘물이었다.

잔느는 이제까지 단 한 번도 느껴보지 못한 애정을 남편에게 느끼며 그에게 기댔다. 심장이 고동치고 있었으며 가슴이 부풀어 올랐다. 물에 젖은 눈은 한결 부드러워져 있었다. 그녀는 낮은 목소리로 중얼거렸다.

"쥘리앵, 사랑해요."

그녀는 그를 잡아끌더니 그 자리에 누우며 부끄러움에 빨갛게 된 얼굴을 두 손으로 가렸다. 그러자 그가 그녀에게 달려들어 거세게 그녀를 껴안았다. 그녀는 흥분한 채 가쁜 숨을 몰아쉬고 있었다. 그리고 그녀는 자신이 불러들인 관능을 맞아, 마치 벼락에라도 맞은 듯 갑자기 비명을 질렀다.

저녁 때 그들은 안내인의 친척 집에 여장을 풀었다. 다시 사람들 사이로 돌아오자 잔느의 머릿속을 떠나지 않는 생각이 있었다. 일종의 불안감이었다.

'저 샘터의 이끼 위에서 느꼈던 그 이상하고 격렬했던 관능적 충동을 과연 쥘리앵 곁에서 다시 느낄 수 있을까? 방 안에 단둘이 있게 되면 남편의 입맞춤에 다시 무감각해지는 건 아닐까?'

하지만 그것은 기우였다. 그날 밤 그녀는 진정한 첫날밤을 보냈다.

돌아오는 길은 꿈만 같았다. 둘 모두 끝없는 포옹과 애무에 취했다. 이제 그녀의 눈에는 아무것도 들어오지 않았다. 풍경도 눈에 보이지 않았고 발걸음을 멈췄던 장소도 눈에 들어오지 않았다. 그녀는 오직 쥘리앵만을 바라보았고 둘 사이에는 마치 어린아이들끼리 주고받을 것 같은 유치한 희롱이 오갔다.

이윽고 그들은 아작시오의 반대편에 있는 도시 바스티아에 도착했다. 이제 안내인에게 임금을 지불해야 했다. 쥘리앵은 주머니를 이리저리 뒤적거리더니 돈이 없는지 잔느에게 말했다.

"장모님이 주신 2,000프랑을 당신이 쓸 일은 없을 테니 내게 주구려. 내가 지니고 있을 테니. 내 허리에 지니고 있는 게 더 안전해. 내가 잔돈을 바꿀 필요도 없을 테고."

그녀는 아무 말 없이 그에게 지갑을 내주었다.

두 사람은 리부른느, 피렌체, 제노바를 거쳐 지중해의 미스트랄이 부는 날 아침 마르세유로 돌아왔다. 그들이 레푀플을 떠난 지 두 달 만으로서 10월 15일이었다. 잔느는 마치 저 멀리 노르망디로부터 불어오는 차가운 바람을 맞은 듯이 슬픔을 느꼈다. 쥘리앵은 얼마 전부터 무엇엔가 지친 듯 사람이 변한 것 같았고 무심해 보였다. 잔느는 이유도 모르는 채 두려움을 느꼈다.

잔느는 이 태양의 고장을 떠나기 싫어 나흘이나 출발을 미루었다. 마치 행복의 나라 일주를 끝낸 것만 같은 기분이었다.

그들은 겨우 마르세유를 떠났다. 그리고 파리로 향했다. 레푀플에 정착하기 위해 필요한 물건들을 그곳에서 사기 위해서였다. 잔느는 어머니가 주신 돈으로 이것저것 멋진 것들을 살 수 있다는 생각에 들떠 있었다. 또한 수고했던 안내인에게 꼭 보내주겠다고 약속했던 선물도 사려고 했다.

파리에 도착하자 그녀가 쥘리앵에게 말했다.

"여보, 물건 좀 사러 나가야겠어요. 엄마가 주신 돈을 좀 돌려주실래요?"

그러자 그가 못마땅한 표정으로 아내를 보며 말했다.

"얼마나 필요하지?"

그의 말에 잔느는 깜짝 놀랐다.

"글쎄요, 당신 생각대로……."

"그럼 100프랑만 주겠소. 그것도 막 써버리면 곤란해."

그녀가 망설이며 말했다.

"하지만…… 제가 그 돈을 맡긴 건……."

"그래, 맞아. 당신 주머니에 있건 내 주머니에 있건 무슨 상관이야. 모두 우리 지갑인데. 내가 당신에게 돈을 내주지 않겠다는 것도 아니야. 이렇게 100프랑을 내주잖아."

그녀는 루이 금화 다섯 닢을 받았다. 더 이상 달라고 할 용기가 없었다. 그녀는 겨우 안내인에게 보낼 선물만 살 수 있었다.

1주일 후 그들은 레푀플로 향했다.

제5장

제6장

그들이 신혼여행에서 돌아오자, 남작 부인은 눈물을 흘렸고 남작도 잔뜩 흥분해서 그들을 맞았다. 잔느도 감동해서 눈물을 흘렸으며, 난롯가에 앉아 부모님들께 여행 이야기를 거의 모두 해드렸다. 그런 후 그녀는 제 방으로 가서 로잘리의 도움으로 짐을 정리했다.

짐을 정리하고 나서 그녀는 갑자기 이제 자기에게는 아무 할 일이 없다는 것을 깨달았다. 영원히 아무것도 할 일이 없을 것 같았다. 수도원에서 잔느의 청춘은 미래를 생각하고 꿈에 젖느라 바빴다. 그녀는 미래를 생각하며 끊임없이 흥분했고, 그 때문에 시간이 흐르는 것조차 의식하지 못했다. 그리고 자신의 꿈을 가두고 있던 장벽 밖으로 한 걸음 내딛자마자 사랑에 대한 그녀의 기대는 실현되었다. 단 몇 주 만에 만나서 사랑하고 결혼하게 된 남자가, 이렇게 급한 결정으로 결혼한 경우 으레 그렇듯이 그녀에게 조금도 깊이 생각할 틈도 주지 않고 그녀를 팔에 껴안고 낚아채버린 것이다.

그런데 이제 결혼 초기의 달콤했던 현실이 일상의 현실로 바뀌면서 그 무한한 희망을 향한 문, 미지의 것에 대한 매혹적인 불안함을 향한 문이 닫히려 하고 있었다. 그러고보면 이제 아무것도 할 일이 없었다. 오늘도, 내일도 그리고 영원히.

그녀는 일어나서 차디찬 유리창에 이마를 갖다 댔다. 그녀는 얼마 동안 음산한 구름이 떠 있는 하늘을 바라보더니 밖으로 한번 나가보기로 결심했다.

과연 이것이 5월에 보았던 바로 그 들판이며 같은 풀, 같은 나무란 말인가? 민들레꽃들이 타오르고 개양귀비꽃들이 피를 흘리고, 데이지꽃들이 반짝이고, 마치 눈에 보이지 않는 실 끝에서 놀 듯 노란 나비들이 환상적으로 날아다니던, 그 눈부신 나뭇잎들의 축제, 녹색 잔디밭의 시정(詩情)은 다 어디로 갔단 말인가? 그리고 생명과 향기를 머금고 있던 공기는 어디로 갔단 말인가?

잔느는 전에 가보았던 숲까지 가보았다. 하지만 마치 죽어가는 사람의 방처럼 애처로웠다. 꾸불꾸불하고 귀여운 오솔길을 은밀하게 가려주던 녹색의 벽들도 이제는 다 무너져버렸다. 잎을 떨군 관목들은 앙상한 가지들을 서로 부딪치고 있었고, 바람에 이리저리 밀리며 수북이 쌓여 있는 낙엽들의 속삭임은 마치 단말마의 고통 앞에서 신음하고 있는 것만 같았다.

그녀는 더없이 쓸쓸한 비애에 젖어 집으로 다시 돌아왔다. 어머니는 난로 옆에서 졸고 있었다. 쥘리앵과 사무적인 이야기를 나누기 위해 함께 산책을 했던 아버지가 들어서면서 잔느를 보고 말했다.

"그래, 애야. 이렇게 자기 집으로 다시 오니 좋으냐? 늙은이들 곁으로 다시 오니 좋아?"

이 간단하기 그지없는 질문이 잔느의 마음을 온통 뒤흔들어 놓았다. 그녀는 눈물이 그렁그렁한 채 마치 용서를 구하는 것처럼 아버지에게 열렬하게 입을 맞추었다. 아무리 즐거운 표정을 지으려 해도 기절할 정도로 슬펐기 때문이었다. 그녀는 부모님을 다시 만나면 얼마나 기쁠까 기대했던 것을 생각해냈다. 그런데 자기의 마음속에 지니고 있는 애정을 마비시켜버릴 정도로 자신이 냉담한 것을 보고 스스로도 놀랐다.

그녀는 자기 방으로 올라갔다. 그녀는 자기 방으로 돌아와서도 놀랐다. 자기가 분명히 사랑하고 있다고 생각한 곳에 돌아왔는데 어쩌면 이전과 느낌이 그렇게 다를 수 있는 것인지! 전에는 그렇게 아늑하기만 하던 곳에서 왜 이렇게 상처를 받는 느낌을 갖게 되는 것일까? 이제까지 자기를 감동에 떨게 하던 이 집이, 그리운 이 땅이, 왜 이렇게 자신을 슬프게 만드는 걸까?

홀연 전에 자신의 마음을 떨게 만들던 시계가 그녀의 눈에 들어왔다. 작은 꿀벌 모양의 추가 여전히 쉴 새 없이 좌우로 오가고 있었다. 그러자 잔느는 갑자기 자신의 마음속에 애정의 불길이 지펴지는 것을 느꼈다. 그녀는 마치 살아 있는 것 같은 이 작은 기계, 자신에게 시간을 노래해주고 마치 심장처럼 고동치고 있는 이 작은 기계 앞에서 감동해서 눈물을 흘렸다. 아버지와 어머니에게 입을 맞추면서도 느끼지 못했던 감동이었다. 마음이란 그렇게, 그 어떤 이치로도 풀 수 없는 신비를 지니고 있는 것이다.

결혼 후 처음으로 그녀는 제 방에서 혼자 잠을 잤다. 쥘리앵이 피곤하다는 핑계로 다른 방을 잡았기 때문이었다. 그녀는 언제나 자기 몸에 착 달라붙던 다른 몸에 익숙해 있었기에 잠을 잘 이루지 못했다.

그렇게 몇 주일이 흘렀다. 날은 여전히 추웠다. 차츰차츰 그녀의 생활 위로 체념의 층이 쌓여갔다. 그것은 마치 물속에 잠겨 있는 것들 위에 끼는 물이끼 같은 것이었다. 매일매일의 생활 속에서 만나는 무의미한 일들에 대한 흥미, 단순하면서 하찮은 일들에 대한 규칙적인 관심만이 그녀를 기다리고 있을 뿐이었다. 그러면서 살아간다는 것에 대한 일종의 우수, 흐릿한 환멸 같은 것이 그녀 안에서 퍼져갔다. 자신에게 필요한 것이 무엇일까? 자신이 무엇을 원하고 있는 것일까? 그녀는 알 수 없었다. 그 어떤 세속적 욕구도 그녀를 사로잡지 못했다. 기쁨을 향한 갈증도, 환희를 향한 충동도 없었다. 그렇다면 도대체 다른 무엇이? 세월과 더불어 응접실의 의자가 퇴색해가듯, 모든 것이 그녀의 눈에서 조금씩 그 빛을 바래가고 있었으며 모든 것이 지워져가고 있었고, 창백하고 생기 없는 색조를 띠고 있었다.

이제 쥘리앵과의 관계도 완전히 변하고 말았다. 자기 배역을 끝낸 배우가 본래의 모습으로 돌아가듯이 신혼여행에서 돌아온 후 그는 전혀 다른 사람이 되었다. 자기 아내에 대해서는 아무 관심도 없었으며 말조차 걸지 않았다. 모든 사랑의 자취는 홀연 사라져버렸다. 그리고 그가 그녀의 방으로 들어오는 일도 매우 드물어졌다.

그는 집안 재산 관리를 주도했다. 그는 임대차 계약들을 살펴보고 소작인들을 들볶았으며 지출을 줄였다. 그러고는 농장주 복장을 하면서 약혼 당시의 겉치장과 고상함은 던져버렸다. 게다가 다시는 여자의 환심을 살 필요가 없다는 듯 수염도 깎지 않았기에 얼굴마저도 흉해 보였다.

잔느는 그런 그의 변화에 대해 무심했다. 쥘리앵은 이제 그녀에게는 낯선 사람이 되어, 마음도 영혼도 닫혀 있었다. 그녀는 가끔, 그렇게 만나서 서로 사랑하고 애정에 가득 차서 결혼한 사람들이, 갑자기 함께 잠자리를 해본 적도 없는 것처럼 서로 간에 거의 낯선 사람이 되어버리는 일이 어떻게 해서 벌어질 수 있는 것인지 의아해했다.

그녀는 또 의아해했다. 남편이 자기를 저렇게 버렸는데 왜 가슴이 아프지 않지? 산다는 건 그런 걸까? 둘 다 상대방을 잘못 보았던 것일까? 이제 자신의 미래에는 아무것도 없는 것일까? 만일 쥘리앵이 여전히 미남이고, 멋쟁이이며, 우아하고 매력이 있었다면 자신은 괴로워했을까?

쥘리앵은 절약을 해야 한다며 몇 가지 개혁을 단행했다. 우선 늙은 마부가 정원사가 되었다. 쥘리앵이 직접 마차를 몰겠다고 나선 것이다. 그러더니 그는 사료값을 아낀다며 마차를 모는 말도 팔아버렸다. 대신 그는 주인이 말을 타고 내릴 때 시중 들 마리우스라는 소년을 고용했다. 그는 마차를 몰 말이 필요할 경우에 대비해서 소작인들 두 명에게 매달 한 번씩, 자신이 정한 날, 말을 제공해야 한다는 계약서를 작성하게 했다. 대신 그들에게는 매달 바치던 닭을 면제해주었다. 그는 소작인들에게 가혹했고, 일꾼들에게 난폭했다. 심지어 장인, 장모와 잔느가 보는 앞에서 어린 마리우스의 뺨을 예사로 때렸다.

어느 날이었다. 모든 가족들이 보는 앞에서 쥘리앵은 마리우스에게 심하게 매질을 했다. 잔느는 어쩔 줄 모르고 남작을 바라보며 "아버지…… 제발 아버지……"라고만 할 뿐이었고 남작 부인은 성난 얼굴로 남편의 팔을 잡고 "여보, 어서 말려주세요"라고 말했다. 남작은 곧바로 일어나 사위의 소매를 움켜쥐고 "그만두지 못하겠나!"라고 고함을 쳤다.

쥘리앵은 어리둥절한 표정으로 돌아보며 말했다.

"요 녀석이 내 옷을 엉망으로 만들어놓았단 말입니다. 그걸 가만 내버려둬요?"

남작은 여전히 성난 얼굴로 말했다.

"그렇다고 이렇게 매질을 해서야 되나! 어서 그만두지 못해!"

그러자 쥘리앵도 맞서서 화를 냈다.

"좀 내버려두시지요. 장인어른이 상관하실 일이 아닙니다."

그러자 남작이 다시 큰 소리로 말했다.

"정말 그만두지 못하겠나! 내 말도 안 듣겠다는 거야?"

그제야 쥘리앵은 손아귀에 쥐고 있던 마리우스를 풀어주었다. 두 여자는 얼굴이 파랗게 질린 채 꼼짝도 못하고 있었다. 남작 부인의 심장 고동 소리가 멀리까지 들리는 것 같았다.

그날 저녁 식사 때 쥘리앵은 마치 아무 일도 없었다는 듯, 평소보다 더 유쾌하게 굴었다. 더없이 선량하기만 한 가족들은 그의 상냥한 태도에 금세 누그러졌고 감동하기까지 했다. 그들은 마치 회복기에 접어든 환자처럼 행복해하면서 쥘리앵이 이끄는 분위기에 빠져들었다. 하지만 그들이 느낀 행복은 쥘리앵이 이 집에 들어오기 전에 느끼던 행복과는 달랐다. 그리고 쥘리앵과 가족들 간의 거리가 확연히 멀어진 것은 분명했다.

새해가 되면 신혼부부는 이곳에 남고 양친은 루앙의 집에서 두세 달 지낼 예정이었다. 남작은 크리스마스와 1월 1일에 시장 부부와 주임 사제를 만찬에 초대하는 것 외에는 연말연시를

제6장

77

조용히 보냈다.

드디어 남작 부부가 출발하기 하루 전날이 되었다. 1월 8일이었다. 짐을 다 꾸리고 나자 남작은 잔느에게 날씨가 좋으니 이포르까지 산책을 하자고 했다. 그녀가 코르시카에서 돌아온 이후 둘 다 아직 한 번도 그곳에 가보지 못했다.

둘은 숲을 지나쳤다. 잔느의 결혼 당일, 일생의 반려가 될 사람에게 몸도 마음도 녹아들어 함께 걸어가던 길이었다. 그녀가 생애 처음 남자의 애무를 받았고, 최초로 몸을 떨었던 곳이었다. 이제는 나뭇잎도 풀들도 없었고, 낙엽이 바스락거리는 소리만 들릴 뿐이었다.

두 사람은 이포르로 들어섰다. 인적이 드문 거리에는 해초 냄새와 생선 냄새가 떠돌고 있었다. 무두질을 한 그물들이 문 앞과 자갈 위에 널려 있었다. 거품이 일고 있는 회색빛 차가운 바닷물이 썰물이 되어 빠져나가면서 페캉 쪽 절벽 아래 푸르죽죽한 바위들이 모습을 드러내고 있었다. 그리고 해안을 따라 큰 배들이, 마치 죽은 생선들처럼 옆으로 누워 있었다.

저녁이 되자 무거운 장화를 신고 목도리를 두른 어부들이 한 손에는 술병을, 다른 손에는 등불을 들고 여기저기 떼를 지어 모래 위를 걸어왔다. 그들은 기울어진 배 주변으로 가서 노르망디 특유의 느릿느릿한 동작으로 그물, 낚시, 빵 덩어리, 버터 단지, 컵, 술을 배에 실었다. 그런 후 그들은 배를 바다로 밀어낸 후 돛을 펴고 어둠 속으로 사라졌다.

남작과 잔느는 꼼짝도 않고 그들이 어두운 바다로 사라지는 것을 바라보고 있었다. 그들은 굶어 죽지 않으려고 매일 밤 이렇게 죽음을 무릅쓰고 바다로 나가고 있는 것이다. 그래도 그들은 한 번도 고기를 얻어먹지 못할 정도로 비참하게 살아가고 있었다.

남작은 어두운 밤바다를 눈앞에 두고 약간 흥분해서 말했다.

"무서우면서도 아름답구나. 어둠이 내린 바다, 수많은 사람들이 위험을 무릅쓰고 있는 저 바다! 정말 최고로구나! 그렇지 않니, 자네트야?"

"네, 그래요."

하지만 그녀는 이 바다는 지중해만 못하다고 생각했다. 그곳은 그녀의 꿈이 묻혀 있는 머나먼 곳이었고 그녀를 상념에 잠길 수 있게 하는 곳이었다.

이어서 두 부녀는 길을 따라 무거운 걸음걸이로 언덕을 올라갔다. 그들은 곧 헤어져야 한다는 게 슬퍼서 거의 말을 하지 않았다. 이따금 농장 옆 수로 길을 따라가다보면 시드르 향기가

제6장

그들의 코를 자극했으며 텁텁한 외양간 냄새, 소 거름에서 풍기는 건강하고 따스한 냄새가 그들의 코를 찔렀다. 불이 밝혀진 작은 창문만이 그 안에 사람이 살고 있다는 것을 알려줄 뿐이었다.

그러자 잔느는 자신의 영혼이 확장되더니 뭔가 보이지 않는 것을 품는 것처럼 느껴졌다. 그녀는 들판에 여기저기 흩어져 있는 불빛을 보고, 갑자기 모든 존재는 고독할 뿐이라는 생생한 감정을 느꼈다. 모든 것은 갈라서게 되어 있으며 결국 사랑하는 것으로부터 멀어져버릴 수밖에 없는 존재라는 것!

그녀는 체념한 듯한 어조로 말했다.

"삶이란 것은 언제나 즐거운 것만은 아닌가봐요."

남작도 한숨을 내쉬며 말했다.

"얘야, 어쩌겠니? 우리가 할 수 있는 건 아무것도 없단다."

이튿날 남작 부부는 잔느와 쥘리앵만 남겨두고 루앙으로 떠났다.

제7장

두 젊은 부부의 삶에 카드가 들어왔다. 점심 식사 후 쥘리앵은 파이프를 피워 물고 코냑을 예닐곱 잔 마신 후 잔느와 카드놀이를 했다. 그런 후 잔느는 자기 방으로 돌아와 스커트 장식에 수를 놓았다. 이따금 멀리 어두운 바다를 바라보다가 그녀는 다시 일손을 잡았다.

무엇보다 잔느에게는 아무런 할 일이 없었다. 쥘리앵이 가사의 전권을 모두 장악하고 있었기 때문이었다.

이제 쥘리앵은 인색한 본색을 대놓고 드러내기 시작했다. 어디 가서도 절대로 팁을 주지 않았으며 먹는 비용도 최소화했다. 예컨대, 잔느가 아침마다 빵집에 주문해서 먹던 케이크도 금하고 보통 구운 빵을 먹게 했다.

잔느는 한 마디도 하지 않았다. 그와 조금도 언쟁을 하고 싶지 않아서였다. 하지만 남편이 새로운 탐욕을 부릴 때마다 마치 바늘로 찔리듯 가슴이 아팠다. 돈을 별로 대단하게 생각하지 않는 가정에서 자란 잔느에게 돈은 천하고 더러운 것일 뿐이었다. 그녀는 어머니로부터 "돈이란 그저 쓰기 위해 있는 것이란다"라는 말을 얼마나 자주 들었던가? 그런데 그녀는 쥘리앵에게 "아직 돈을 함부로 쓰는 버릇을 못 고쳤군"이라는 소리를 무수히 들으며 살아야만 했다. 그리고 그는 봉급이나 물건 값에서 다만 몇 수라도 절약하게 되면 동전을 주머니에 넣으며 "티끌 모아 태산이야"라는 말만 반복하곤 했다.

전에는 그렇게나 명랑하던 로잘리까지도 성격이 변한 것 같았다. 언제나 조잘거리며 노래를 흥얼거리던 그녀가 이제는 눈에 띄게 시무룩해졌다. 붉은빛이 감돌던 두 뺨도 그 빛을 잃고 핼쑥해졌다. 잔느가 몇 번이나 로잘리에게 "너, 어디 아프니?"라고 물어보았지만 그녀는 "아뇨, 마님"이라고 대답하고는 멀리 도망치듯 가버리곤 했다.

결국 이 큰 집은 온 집 안이 음산하고 마치 텅 빈 공동(空洞) 같은 것이 되어버렸다.

그러던 어느 날 아침이었다. 잔느가 자기 침실 난로 곁에서 발을 쬐고 있을 때였다. 로잘리는 잔느의 침대를 정리하고 있었다. 그때 잔느의 등 뒤에서 뭔가 괴로운 신음 소리가 들렸다. 잔느는 고개를 돌리지 않은 채 물었다.

"왜 그러니, 로잘리?"

그러자 하녀는 언제나처럼 "아무것도 아니에요, 마님"이라고 대답했다. 하지만 목소리가 떨렸고 금방 숨이 넘어갈 것만 같았다.

잔느는 다시 자기만의 생각에 빠져들었다. 그런데 문득 로잘리가 움직이는 기색이 없는 것을 알아차리고 고개를 돌렸다. 로잘리는 새파랗게 질린 얼굴로 두 눈을 부릅뜬 채 마룻바닥에 주저앉아 있었다. 잔느는 소스라치게 놀라 벌떡 일어났다.

그녀는 로잘리 곁으로 가서 물었다.

"왜 그래? 아니, 왜 그러는 거야?"

로잘리는 말 한 마디 못한 채 숨만 헐떡거렸다. 그녀는 두 다리를 벌리고 있었다. 그때, 그녀의 벌어진 사타구니 안에서 뭔가가 움직였다. 이어서 물결 소리 같기도 하고 목이 눌려 숨이 막히는 것 같기도 한 이상한 소리가 났다. 그리고 갑자기 긴 고양이 울음소리 같은 것이 들렸다. 가냘프면서도 고뇌에 찬 울음소리였다. 세상에 갓 태어난 어린아이가 최초로 내는 고통의

제7장

83

울음소리였다.

잔느는 정신이 하나도 없어 계단을 뛰어 내려가며 소리쳤다.

"여보! 여보! 쥘리앵!"

"왜 그래?"

"로잘리가…… 로잘리가……."

쥘리앵은 한 걸음에 두 계단씩 뛰어 올라가면서 잔느에게 들어오지 말고 그 자리에 있으라고 했다. 곧이어 하인이 마을 산파를 불러왔고, 사람들이 마치 부상자를 들어내듯 로잘리를 계단 아래로 데려갔다. 그제야 쥘리앵은 잔느에게 올라와도 좋다고 말했다. 쥘리앵은 흥분해서 방 안을 서성이고 있었다. 잔느는 자신이 무슨 불길한 사건에라도 입회한 듯 떨고 있었다.

그녀는 간신히 입을 열고 말했다.

"그 애는 어때요?"

쥘리앵은 그 말에는 대답도 없이 잠깐 더 서성이더니 느닷없는 질문을 던졌다.

"그래, 저 애를 어떻게 할 작정이지?"

잔느는 무슨 뜻인지 몰라 되물었다.

"네? 무슨 말이에요? 모르겠어요, 나는……."

그러자 갑자기 쥘리앵이 화가 난 듯이 소리쳤다.

"애비 없는 자식을 집 안에 둘 수는 없잖아!"

잔느는 당황했다. 잠시 생각한 후에 그녀가 말했다.

"어디 맡겨서 키울 수 있지 않겠어요?"

쥘리앵은 그녀의 말을 도중에 끊고 말했다.

"그러면 그 비용은? 물론 당신이 부담하겠지?"

그녀는 다시 곰곰이 생각에 잠겨 있다가 말했다.

"그 애 아버지가 맡아 기르면 되잖아요. 그 사람이 로잘리와 결혼하면 아무런 문제도 없잖아요."

쥘리앵은 참을 수 없다는 듯 화가 나서 소리쳤다.

"아버지? 아버지라고……. 당신 알고 있나……? 그 아버지를? 모를 거야, 그렇지? 그래, 어찌 한다?"

이번엔 잔느가 흥분해서 말했다.

"누구건 그 애를 그냥 내버려두지는 않을 거예요. 그렇게 비겁한 짓을! 우리 그 남자를 찾아봐요. 그런 후 이야기를 들어보도록 해요."

쥘리앵은 좀 가라앉은 어조로 말했다.

"여보, 저 애는 그 사내 이름을 말해주지 않을 거야. 당신에게는 더더욱 말 안 할 거야. 게다가 그 사내가 저 애를 마다한다면? 어쨌든 애비 없는 자식과 그 어미를 우리랑 한 지붕 아래 둘 수는 없는 노릇 아니오? 안 그래, 여보?"

그러나 잔느는 여전히 자기 생각을 되풀이했다.

"그렇다면 정말 더러운 인간이에요. 어쨌든 그 남자가 누군지 알아야 해요. 그 남자와 우리 사이에서 해결할 문제잖아요."

쥘리앵은 얼굴이 붉어지면서 다시 화를 냈다.

"그래, 그렇다고 치지. 하지만 그동안에는……?"

그녀는 어떻게 해야 할지 몰라 그에게 물었다.

"당신 생각은 어때요?"

그러자 그는 곧바로 자신의 의견을 말했다.

"나? 아주 간단해. 저 애한테 돈을 주고 제 새끼와 함께 어디로든 쫓아 보내야지."

그러자 젊은 아내는 펄펄 뛰면서 반대했다.

"그건 절대로 안 돼요. 저 애는 함께 젖을 먹고 자란 내 자매 같은 애예요. 일을 저지른 건 잘못했지요. 그렇다고 쫓아낼 수는 없어요. 다른 방도가 없다면 내가 키울 거예요, 그 아이를."

그러자 쥘리앵이 고함을 치듯 말했다.

"참, 남들에게 좋은 소리 듣겠군! 그래 가문의 체면은 뭐가 되고! 행실이 더러운 계집을 숨겨준다고 손가락질할 거야. 사람들은 우리 집에 발걸음도 안 할 거고……. 당신 미쳤어?"

그러나 잔느는 차분하게 말했다.

"로잘리를 절대로 쫓아내지 않겠어요. 당신이 그 애를 쫓아내도 어머니가 다시 데려오실 거예요."

그러자 쥘리앵은 화를 벌컥 내고 나가면서 한마디 했다.

"여자들이란 정말 어처구니가 없어! 도대체 생각이 있는 건지 없는 건지!"

그날 오후 잔느는 산모의 방으로 올라갔다. 어린 산모는 당튀 과부의 간호를 받으며 눈을 뜬 채 침대에 누워 있었다. 곁에서 산파는 갓난아이를 어르고 있었다.

여주인의 모습을 보자 로잘리는 침대 시트에 얼굴을 가리고 울기 시작했다. 난로 속의 불이 시원치 않아 방 안은 추웠다. 아이가 울었다. 로잘리가 하도 서럽게 울어서 잔느는 이야기를 꺼내지도 못하고 그녀의 손을 잡고 가볍게 입맞춤을 해주었다. 로잘리는 "괜찮을 거야, 괜찮을 거야"라는 말만 기계적으로 되풀이했다. 잔느는 로잘리에게 입을 맞추며 낮은 목소리로 "우리가 잘 돌봐줄 거야. 그러니 안심해"라고 속삭이고는 방에서 나왔다.

그날 이후 잔느는 매일 로잘리에게 갔다. 그럴 때마다 로잘리는 흐느꼈다. 어린애는 근처에서 유모를 구해 맡기기로 했다. 쥘리앵은 하녀를 해고하지 않는 잔느에게 화가 난 듯, 그날 이후 한 마디 말도 그녀에게 걸지 않았다. 이삼일이 지나자 로잘리는 자리에서 일어나서 다시 일을 하기 시작했다.

잔느는 여러 번 로잘리에게 남자가 누구인지 말해보라고 했다. 잔느는 그 남자와 결혼을 해도 좋다며, 그 남자를 집안에서 쓸 수도 있다고 로잘리에게 말했다. 그러나 그럴 때마다 로잘리는 마치 고문이라도 당하는 듯 고통스러운 신음 소리를 내더니 잔느의 손을 뿌리치고 밖으로 도망가버렸다.

결국 잔느는 쥘리앵에게 부탁하는 게 상책이라고 생각하고 그에게 말했다.

"로잘리에게 아무리 남자 이름을 대라고 해도 말하지 않아요. 당신이 물어봐주세요. 아무래도 로잘리와 그 더러운 남자를 맺어줘야 하잖아요."

그러자 쥘리앵은 화를 냈다.

"그 애를 당신 곁에 두겠다고 해서 들어줬으면 됐지, 뭘 더하려는 거요? 됐어. 난 그런 일에 나서기 싫어."

쥘리앵은 아내를 볼 때마다 짜증을 냈다. 그러나 이상한 일이, 신혼여행을 갔다 온 후 잊고 있던 남편으로서의 의무를 다시 실행하기 시작했다. 그가 사흘 이상 아내의 문지방을 넘지 않는 일은 드물게 되었다. 그리고 갑자기 그녀에게 상냥하게 굴기 시작했다.

아직 해동기는 오지 않았다. 5주일 전부터, 낮에는 하늘이 수정처럼 맑았지만 밤이면 아직 땅을 덮고 있는 눈 위에서 별들이 반짝였고 날씨는 추웠다. 들도 울타리도 나무들도 추위에 떨고 있는 것 같았다.

어느 추운 날 밤이었다. 잔느는 일찍 잠자리에 들었다. 온 집 안이 추위에 시달리고 있는 것 같았다. 잔느도 침대에서 부들부들 떨고 있었다. 두 번이나 자리에서 일어나 불을 다시 지피고 두꺼운 옷가지들을 이불 위에 쌓아 올렸지만 소용이 없었다.

얼마 안 가 손발이 시려오고 이가 덜덜 떨려 오고 한기가 뼛속까지 스며드는 것 같았다. 신경이 극도로 날카로워져 그녀는 몸을 쉴 새 없이 뒤척였다. 그녀는 갑자기 이대로 죽을지도 모른다는 공포에 사로잡혔다.

그녀는 침대에서 벌떡 일어나 뛰어내리더니, 로잘리를 부르려고 초인종을 울렸다. 하지만 로잘리는 오지 않았다. 그녀는 부들부들 떨면서 다시 벨을 눌렀다. 그래도 아무 인기척이 없자 그녀는 로잘리가 깊이 잠든 모양이라고 생각하고 정신없이

제7장

89

맨발로 밖으로 나가 계단을 올라갔다. 그녀는 로잘리의 방문을 더듬더듬 찾아, 문을 열고 들어가 침대를 더듬어보았다. 비어 있었다. 아무도 그 위에 누웠던 흔적이 없는 듯 차가웠다.

그녀는 중얼거렸다.

"어머나, 이렇게 추운 날씨에 어딜 간 거야?"

그녀는 갑자기 무서운 생각이 들었고, 숨이 막힐 듯 심장이 뛰기 시작했다. 그녀는 쥘리앵을 깨워야겠다고 생각하고 다시 계단을 내려갔다. 꼭 이대로 죽을 것만 같아서, 죽기 전에 남편의 얼굴이라도 보겠다는 생각이었다.

그녀는 왈칵 남편의 방으로 뛰어 들어갔다.

그러자 무엇이 그녀의 눈에 띄었는가? 꺼져가는 난로 불빛에 보인 것은 남편의 머리 곁에 나란히 놓인 로잘리의 머리였다. 그녀는 비명을 질렀고 그 소리에 둘 다 벌떡 일어났다. 잔느는 잠시 멍하니 서 있다가 자기 방으로 도망치듯 되돌아왔다. 쥘리앵이 "여보!"라고 소리치는 소리가 들렸다. 그녀는 쥘리앵을 만나 그의 목소리를 듣는다는 것, 그의 변명을 듣는다는 게 너무나 무섭게 생각되었다. 그녀는 다시 방 밖으로 나가 계단을 뛰어 내려갔다.

계단에서 굴러 떨어져도, 다리가 부서져도 상관없다는 마음이었다. 그저 어디론가 도망치자, 아무것도 알고 싶지 않다, 아무도 만나고 싶지 않다는 생각뿐이었다.

그녀는 내의 한 장에 맨발인 채로 계단에 멍하니 주저앉아 있었다. 잠시 후 "여보!"라고 외치는 쥘리앵의 목소리가 들렸다. 그녀는 그의 목소리조차 듣고 싶지 않아 부엌으로 뛰어 들어갔다. 아무 구석이라도 남편을 피해 숨을 곳을 찾고 싶었다. 그러나 벌써 손에 등불을 든 쥘리앵이 부엌문을 열려고 했다. 그녀는 반대쪽 문을 열고 들판으로 달려가기 시작했다.

무릎까지 푹푹 눈에 빠졌지만 맨살에 닿는 차가운 눈의 감촉도 느낄 수 없었고, 더 이상 춥지도 않았다. 정신적 충격에 몸의 감각이 마비되었다.

그녀는 가로수 길을 따라서 풀숲을 건너고 개천을 뛰어넘고 광야를 지나 줄달음쳤다. 달은 없었고 별들만이 빛나고 있었다. 이윽고 그녀는 절벽 앞에 본능적으로 멈추어 선 후 그 자리에 주저앉았다. 모든 생각과 의욕이 머릿속에서 흘러나가 텅 빈 것만 같았다.

그 자리에 얼마간 가만히 있던 그녀는 갑자기 몸을 떨기 시작했다. 지난 일들이 환영처럼 눈앞에 떠올라 스치고 지나갔다. 라스티크 영감의 배를 타고 그와 함께 했던 뱃놀이, 다정했던 둘 사이의 대화, 보트 세례식. 이어서 그녀의 환영은 레퀴플에 처음 도착했을 때, 몽상에 잠겨 잠들었던 날까지 이어졌다.

그런데 아아, 이제 자신의 삶은 부서져버렸으며 모든 즐거움은 끝났고 모든 기대는 불가능해졌다. 그리고 고통과 배반과 절망만으로 가득 찬 무서운 미래가 그녀 앞에 나타났다. 그래, 죽는 게 나아! 그러면 모든 것이 금세 다 끝날 거야!

그러자 멀리서 "여기야, 여기. 여기 발자국이 있어. 빨리 이리 오라니까!"라고 외치는 소리가 들렸다. 그녀를 찾고 있는 쥘리앵의 목소리였다.

아아, 그를 다시는 보고 싶지 않아! 바로 앞 심연에서 바위에 부딪쳐 미끄러지는 파도 소리가 희미하게 들렸다.

그녀는 뛰어들려고 몸을 일으켰다. 그리고 절망한 삶에 이별을 고하려고 하면서, 죽어가는 사람이, 전쟁터에서 배에 총알을 맞고 죽어가는 병사들이 최후에 던지는 단어를 입 밖에 냈다. 바로 '어머니'라는 단어였다.

갑자기 어머니에 대한 생각이 그녀를 꿰뚫고 지나갔다. 울부짖는 어머니의 모습이 보였다. 그리고 물에 빠져 죽은 시체 앞에 무릎을 꿇고 있는 아버지의 모습이 보였다. 그들이 절망에 빠져 고통스러워하는 모습이 순간 그녀 앞에 떠오른 것이다.

그녀는 힘없이 눈 속에 다시 쓰러졌다. 쥘리앵과 시몽 영감
과 마리우스가 그녀 앞에 나타났을 때 그녀는 꼼짝할 힘도 없
었다. 그들은 절벽 바로 앞에 누워 있는 그녀의 팔을 잡고 끌어
당겼다. 그녀는 그대로 정신을 잃었다.

　얼마나 시간이 지났을까? 그녀가 다시 눈을 떴을 때 어머니
가 눈에 들어왔고 그 옆에 뚱뚱한 남자 한 사람이 있었다. 자기
가 도대체 몇 살인지도 알 수 없었고 마냥 어린아이 같기만 했
다. 아무것도 기억나는 것이 없었다.

　뚱뚱한 남자가 말했다.

　"자, 의식이 돌아왔습니다."

　어머니가 울기 시작했다. 그러자 의사가 말했다.

　"남작 부인, 진정하시기 바랍니다. 제가 다 알아서 하겠다고
말씀드렸지요? 다만 아무 말도 걸지 마세요. 좀 자야 합니다."

　잔느는 무슨 생각이라도 하려 하면 이내 무거운 잠에 이끌렸
다. 그녀는 그렇게 선잠이 든 채로 아주 오래오래 지낸 것만 같
았다. 그녀는 다시 기억을 떠올리려 애를 쓰지 않았다. 그녀는
자기 머릿속에 다시 떠오를 현실들이 두렵기만 했다.

　그런데 그녀가 잠에서 깨어나니 쥘리앵이 혼자 자기 곁에 서

제7장

93

있었다. 그러자 과거의 기억을 가리고 있던 장막이 걷힌 듯 모든 것이 되살아났다. 격렬한 고통이 다시 그녀를 찾아왔고 그녀는 다시 도망치고 싶었다. 그녀는 시트를 걷고 마룻바닥으로 뛰어내렸다. 그러나 다리가 몸을 버티지 못해 그 자리에서 그대로 쓰러졌다.

쥘리앵이 그녀를 부축하려 하자 그녀는 고함을 질렀다. 그리고 몸부림을 치며 이리저리 뒹굴었다. 곧이어 문이 열리고 리종 이모와 당튀 과부가 달려왔다. 그 뒤를 이어 남작과 남작 부인이 헐레벌떡 달려왔다. 그들은 잔느를 다시 눕혔다. 잔느는 입을 다물고 눈을 감아버렸다.

그녀는 다시 잠들지 않았다. 그녀는 생각을 가다듬었다. 그리고 잊으려 했던 현실로 돌아왔다.

'부모님까지 달려오신 걸 보면 내가 아마 중태였나봐. 그런데 저 남자는 부모님께 뭐라고 말했을까? 부모님이 이제 다 알고 계실까? 그리고 로잘리는? 그 애는 어디 있지? 그건 그렇고 어떻게 해야 하지?'

그런 그녀에게 한 가지 생각이 번개처럼 떠올랐다.

'그래, 돌아가는 거야. 부모님과 함께 루앙으로 돌아가는 거야. 과부가 되어서 살면 그만이지, 뭐.'

그날 밤 남작 부인과 단둘이 있게 되자 그녀가 가만히 어머니를 불렀다.

"엄마!"

그녀는 자기 목소리에 놀랐다. 마치 남의 목소리를 듣는 것 같았다.

그러자 남작 부인이 그녀의 두 손을 잡고 울먹였다.

"오, 내 귀여운 딸아. 나를 알아보겠니?"

"네, 엄마. 그렇지만 우시면 안 돼요. 엄마한테 해줄 이야기가 있어요. 엄마, 내가 왜 그렇게 눈 속으로 도망갔는지 쥘리앵이 이야기해드렸어요?"

"그렇단다. 다 들었어. 네가 아주 무서운 열병에 걸렸었다는구나."

"그게 아니에요. 열이 난 이유는 따로 있어요. 쥘리앵이 그 얘긴 안 해줬어요? 내가 왜 그렇게 열이 나서 도망쳤는지?"

"아니."

"그건요, 로잘리가 그 사람 침대에 함께 누워 있는 걸 내가 봤기 때문이에요."

남작 부인은 딸이 아직 헛소리를 한다고 생각했다. 부인은 딸의 머리를 쓰다듬으며 말했다.

제7장

95

"얘야, 좀 더 자도록 해라. 마음을 좀 진정하고……."

하지만 그녀는 고집을 부리고 다시 말했다.

"엄마, 이제 머리는 맑아졌어요. 내가 헛소리를 하는 게 아니에요. 어느 날 밤 몸이 아파서 쥘리앵을 부르러 갔었어요. 그런데 그 사람 침대에 로잘리가 함께 누워 있었어요. 그래서 제정신을 잃고 절벽까지 뛰어간 거예요. 이제 그 사람하고 한 집에 있기 싫어요. 루앙으로 저를 데려가주세요."

의사로부터 무슨 말이건 잔느의 말에 반대하지 말라는 주의를 들은 남작 부인은 "알았다, 얘야"라고 대답했다.

그러자 환자는 화를 냈다.

"엄마는 내 말을 안 믿으시는군요. 아버지를 불러주세요. 아버지라면 제 말을 믿어주실 거예요."

남작 부인은 두 개의 지팡이에 의지해 방에서 나가더니 20분 후 남작의 부축을 받고 다시 들어왔다. 두 사람이 침대 곁에 앉자 잔느는 부모에게 자초지종을 다 이야기했다. 쥘리앵의 성격이 얼마나 괴상한지, 그가 얼마나 가혹한지, 그가 얼마나 탐욕스러운지 다 이야기했고 그가 부정한 짓을 저지른 것에 대해 낮은 목소리로 차근차근 말했다.

남작은 딸이 헛소리를 하고 있는 것이 아님을 알았다. 하지만 도무지 어떻게 해야 할지, 어떻게 해결해야 할지 갈피를 잡을 수 없었다. 그는 딸의 손을 잡고, 마치 이전에 옛날이야기를 들려주며 딸을 잠재울 때처럼 부드러운 목소리로 말했다.

"애야, 잘 알았다. 내 얘기 좀 들어보렴. 신중하게 행동해야 한단다. 너무 서두르면 안 돼. 우리가 결정을 내리기까지는 네 남편을 참고 견뎌야 한다. 약속할 수 있겠지?"

그녀는 중얼거리듯 말했다.

"네, 좋아요. 하지만 내 몸이 회복되면 더 이상 여기 있지 않을래요."

그리고 낮은 목소리로 덧붙였다.

"그런데 로잘리는 어디 있어요?"

"그 애를 더 이상 만날 생각은 말아라. 아직 이 집에 있단다. 하지만 곧 내보내야겠다."

잔느는 더 이상 말이 없었다.

잔느의 방에서 나오자마자 남작은 분노에 사로잡힌 채 쥘리앵을 만나러 갔다. 그리고 대뜸 말을 꺼냈다.

"이보게, 자네가 내 딸에게 한 짓에 대해 어디 설명 좀 해보게. 하녀와 그 짓을 해서 내 딸을 속이다니! 이중으로 죄를 지은 거야!"

제7장

97

하지만 쥘리앵은 오히려 화를 냈다.

도대체 무슨 증거가 있느냐, 그녀가 정신이 올바르다고 믿고 계시는가? 초기 정신착란 증세에 빠졌던 것을 장인어른도 알고 계시지 않은가? 그래서 눈 속으로 미친 듯 뛰쳐나간 것 아닌가? 그런 착란상태에서 자기가 로잘리와 함께 있다고 잘못 본 것 아닌가? 라고 펄펄 뛰더니 명예훼손으로 고소를 하겠다고 위협했다. 사람 좋은 남작은 당황해서 변명을 하면서 화해의 손을 내밀었다. 하지만 쥘리앵이 그 손을 뿌리쳤다.

아버지로부터 그 이야기를 들은 잔느는 별로 놀라지도 않았다. 쥘리앵이 능히 그러리라고 짐작하고 있었기 때문이었다. 그녀는 아버지에게 로잘리를 불러달라고 했다. 남작은 로잘리가 집을 나갔다며 딸을 말리려 했다. 그러나 잔느는 조금도 굽히지 않았다. 그녀는 울음을 터뜨리며 "제발, 로잘리를 데려다주세요. 그 애를 만나보고 싶어요!"라고 고함을 쳤다.

그때 방으로 의사가 들어왔다. 의사는 흥분한 그녀의 손을 잡고 말했다.

"진정하세요, 부인. 흥분하면 안 됩니다. 심각한 일이 생길지 몰라요. 부인은 지금 임신 중입니다."

그녀는 한 대 얻어맞은 듯 오싹해졌다. 갑자기 그녀 안에서 뭔가 꿈틀거리는 것만 같았다. 그녀는 남들이 하는 말이 귀에 들어오지 않은 채, 혼자 생각에 잠겼다.

그날 밤 그녀는 자기 배 속에 어린아이가 들어 있다는 생각에 잠을 이루지 못했다. 그 아이가 쥘리앵의 자식이라는 생각에 그녀는 더없이 슬펐다.

다음 날 그녀는 작심하고 아버지에게 말했다.

"아버지, 신부님을 불러주세요. 그리고 로잘리도 불러주세요. 저는 이제 모든 것을 알고 싶어요. 로잘리도 신부님 앞에서는 거짓말을 못하겠지요. 아버지도 엄마와 함께 그 자리에 계셔주세요. 제발 쥘리앵은 모르게 해주세요."

남작은 딸의 결심이 확고한 것을 알고 딸의 청을 들어주었다.

한 시간 후 피코 신부가 왔다. 그는 전보다 더 뚱뚱해져서 남작 부인처럼 숨을 헐떡이고 있었다. 얼마 후 문 앞에서 징징거리는 소리가 났다. 들어오기 싫다며 버티는 로잘리를 남작이 방으로 밀어 넣느라 애를 쓰고 있었다.

잔느는 흥분해서 더듬거리며 말했다.

"나, 나는…… 네게…… 물어볼 것도 없어……. 내, 내 앞에서…… 너, 너를…… 그렇게 부끄러워하는 너를 보니…… 그래, 그걸로 충분해."

그녀는 숨을 고른 후 다시 말했다.

"하지만 나는 전부 알고 싶어. 전부 다. 고해처럼 털어놓으라고 신부님을 모신 거야. 알겠니?"

로잘리는 경련하듯 몸을 떨며 입을 가리고 있는 두 손 사이로 신음 소리만 내뱉을 뿐이었다.

노기가 치민 남작은 두 팔을 우악스럽게 입에서 잡아떼더니 로잘리를 무릎 꿇리고 말했다.

"자, 말해봐! 대답해보라니까!"

로잘리는 무릎을 꿇은 채 다시 입을 두 손으로 가린 채 여전히 말이 없었다. 그러자 신부가 말했다.

"자, 물어보는 말을 잘 듣고 사실대로 대답해라. 네게 해를 주려는 게 아니다. 다만 무슨 일이 있었는지 알겠다는 거다."

잔느는 침대 가장자리에서 몸을 기울이고 로잘리에게 물었다.

"내가 쥘리앵의 방에 갑자기 들어갔을 때 침대에 함께 누워 있던 건 사실이지?"

"네." 로잘리가 신음하듯 말했다.

그러자 남작 부인이 갑자기 큰 소리로 엉엉 울기 시작했다. 마치 로잘리의 울음소리에 반주를 해주는 것 같았다.

잔느는 하녀를 똑바로 바라보며 말했다.

"언제부터 그 짓이 시작됐지?"

"그분이 오시던 날부터요."

잔느는 자기 귀를 의심했다.

"그, 그렇다면 봄부터 그랬단 말이냐?"

"네, 마님."

"이 집에 처음 오던 날부터라고?"

"네, 마님."

잔느에게서 무수한 질문이 한꺼번에 쏟아져 나왔다.

"아니 어떻게 그럴 수 있었다는 거니? 어떻게 말을 걸든? 뭐라고 너를 꼬인 거야? 넌 어째서 몸을 맡긴 거야?"

로잘리도 이제는 모든 것을 이야기하고 싶어진 모양이었다. 그녀는 입에서 손을 떼고 말하기 시작했다.

"여기 오셔서 처음 저녁을 드시던 날이었어요. 그날 제 방으로 오셨어요. 저는 소문이 무서워 소리도 못 질렀습니다. 저는 제가 무슨 짓을 하는지도 몰랐어요. 그냥 아무 말 없이 가만히 있을 수밖에 없었습니다. 게다가 서방님이 잘난 분이시라는 생각에……."

잔느는 소리를 질렀다.

"그, 그렇다면…… 네 자식은…… 그 아이는…… 그 사람 자식이란 말이냐!"

로잘리는 흐느껴 울었다.

"네, 마님."

둘 다 입을 다물었고 남작 부인과 로잘리의 울음소리밖에는 들리지 않았다. 맥이 풀린 잔느의 눈에서도 눈물이 흘렀다. 하녀의 자식이 자기 자식과 같은 애비를 두고 있다니! 이제 노여움은 사라지고 음산한 절망만이 그녀를 사로잡고 있었다.

그녀는 겨우 말을 이었다.

"그렇다면 언제부터 다시 그 짓을 시작한 거야?"

"신혼여행에서 돌아오신 다음부터요."

그녀의 말 한 마디, 한 마디가 잔느의 가슴을 찢어놓았다. 화가 머리끝까지 난 남작이 로잘리를 문 앞으로 끌고 갔다. 그러자 그때까지 한 마디도 하지 않고 있던 신부가 이제 나설 때가 되었다고 생각하고 입을 열어 로잘리에게 말했다.

"얘야, 너는 정말 나쁜 짓을 했다. 하느님께서도 곧바로 용서를 해주시지는 않을 거다. 지금부터라도 바르게 살지 않으면 지옥이 너를 기다리고 있을 거다. 이제 아이까지 있으니 몸가짐을 바로 해라. 부인께서 널 도와주실 거다. 그리고 우리가 네게 좋은 남편감을 구해주겠다."

사제의 말이 끝나기도 전에 남작이 로잘리를 복도에 내동댕이쳤다.

남작이 자리로 되돌아오자 주임 사제가 말했다.

"어떻게 하시렵니까? 시골 계집애들은 다 저 꼴입니다. 한심한 일이지만 어쩌겠습니까? 인간의 본성이 지닌 약점이니 너그러울 수밖에 없지요. 이곳에서는 애를 배지 않고 시집가는 애가 한 명도 없을 정도입니다."

그러자 남작이 그의 말을 가로막았다.

"하녀요? 신부님, 제가 지금 저 애한테 화를 내고 있는 줄 아십니까? 문제는 쥘리앵입니다. 그놈의 추잡한 짓이 문제라 이겁니다. 내 딸을 배신하다니! 이런 파렴치한 놈! 악당 놈! 단장으로 때려죽여도 시원찮을 놈! 나는 내 딸을 데리고 갈 겁니다!"

주임 사제는 어떻게 이 사태를 마무리하고 중재할 수 있을까 곰곰 생각한 후 다시 입을 열었다.

"남작님, 좀 흥분을 가라앉히시지요. 우리끼리 말이지만 그 사람도 사실 남자들이 다 하는 짓을 한 것 아닌가요? 어디 그런 짓 한 번도 안 한 남편이 있으면 제게 말씀 좀 해주시지요."

남작이 주춤하자 사제가 다시 말을 이었다.

"어떻습니까? 가슴에 손을 얹고 내기를 해보시지요. 남작님은 과연 그런 장난을 한 번도 안 하셨나요?"

남작은 뜨끔해서 가만히 서 있었다.

"어때요? 남작님도 남몰래 남들 하는 짓을 다 하셨지요? 하지만 그렇다고 부인께서 불행해지셨나요? 부인이 사랑을 받지 못하셨나요? 아니지요?"

남작은 이제 아무런 말도 할 수 없었다. 얼굴만 반반하다면 부인의 하녀라고 해서 꽁무니를 뺐을까? 그런 적은 한 번도 없었다. 그렇다고 자신이 비열한 놈이라고 생각한 적은 한 번도 없었다. 자기가 처벌을 받아야 한다고 생각한 적은 한 번도 없었다. 그런데도 사위가 한 짓을 엄하게 처단할 수 있는가?

남작 부인은 남작 부인대로 여전히 흐느끼고 있으면서도 자신도 모르게 입술에 미소를 띠고 있었다. 그녀는 젊은 시절 남편의 로맨스를 생각하고 미소가 떠오른 것이었다. 그녀는 연애의 모험담에는 언제나 감동을 받을 준비가 되어 있을 만큼 감상적이었기 때문이었다.

한편 잔느는 로잘리의 입에서 나온 "서방님이 잘난 분이시라는 생각에⋯⋯"라는 말을 곱씹고 있었다. 자신과 다를 바가 하나도 없었다. 자신도 그를 잘난 남자로 보았기에 이런 함정에 빠진 것이 아닌가!

그때였다. 문이 벌컥 열리더니 쥘리앵이 사나운 낯빛을 하고 방으로 들어섰다. 로잘리가 계단에서 울고 있는 모습을 본 그는 로잘리가 모든 일을 다 지껄였다는 것을 알 수 있었다. 하지만 그는 사제의 모습을 보자 그 자리에 그대로 얼어붙었다. 장인, 장모라면 만만히 볼 수 있었지만 사제는 그렇지 않았기 때문이었다.

그는 떨리는 목소리로 조용히 물었다.

"뭡니까? 도대체 무슨 일입니까?"

그런데 조금 전까지만 해도 펄펄 뛰던 남작이 이제는 감히 입을 열지 못했다. 사위를 야단쳤다가는 그 입에서 자신에 대한 추문이 나올까봐 두려웠던 것이다. 남작 부인은 계속 흐느끼고만 있었다. 잔느만이 똑바로 눈을 뜨고 남편을 쏘아보았다.

"무슨 일이냐고요? 아니, 이 집에 처음 온 날부터, 그 짓을? 이제 우리도…… 그걸 다 알게 되었어요……. 그 하녀의 자식이 당신 자식이라는 거……. 이 배에 든 자식이 그 애와 형제라는 거……."

잔느는 이불에 몸을 파묻고는 목을 놓아 울었다.

이번에도 사제가 나섰다.

"부인, 우리는 언제나 용서해야 합니다. 부인께는 크나큰 불행이 닥쳤습니다. 그러나 하느님께서는 그 대신 커다란 행복을 내리셨습니다. 부인은 이제 곧 어머니가 됩니다. 그 애의 이름으로 쥘리앵의 죄를 용서해주세요."

잔느는 대답하지 않았다. 신부의 말에 설득되어서가 아니었다. 그녀는 분노와 원한을 느끼기에는 너무나 기진맥진해 있었다. 자신이 살아있기나 한 것인지조차 알 수 없었다.

그러자 남자를 원망한다는 게 불가능해 보이는 심성을 지닌 부인이 마치 달래듯이 중얼거렸다.

"얘, 잔느야."

그러자 사제가 젊은 남자의 손을 끌어다 잔느의 손 위에 얹었다. 그리고 다시 한번 완전한 인연을 맺어주려는 듯 그 위를 한 대 탁 때렸다. 쥘리앵은 감히 잔느의 손에 입을 맞출 용기는 없는 듯, 장모의 이마에 키스를 하고는 돌아서서 남작의 팔을 잡았다. 그는 일이 이런 식으로 마무리된 것이 내심 너무 기뻤다.

잠시 후 장인과 사위는 담배를 피우기 위해 밖으로 나왔다.

안에서는 사제가 남작 부인에게 이런 말을 하고 있었다.

"로잘리에게 바르빌의 농장을 주십시오. 그러면 제가 그 애에게 맞는 남편을 찾아보지요. 2만 프랑의 재산이 있다면 어떤 남자든 옵니다. 오히려 고르기가 어려울 정도일 겁니다."

부인이 동의했다. 사제는 바로 일어나 밖으로 나갔다. 그는 밖으로 나가자마자 잔느가 어떤가 보러 오던 리종 이모를 만났다. 그가 아무 이야기도 해주지 않았기에 리종 이모는 무슨 일이 있었는지 알 도리가 없었다.

제8장

　로잘리는 그 집에서 나왔고 잔느의 고통스러운 임신부 생활
이 시작되었다. 잔느는 마음속으로 어머니가 된다는 기쁨을 조
금도 느끼지 못하고 있었다. 너무나 큰 슬픔이 그녀를 짓누르
고 있었기 때문이었다.

　어느덧 소리 없이 봄이 왔다. 아직 서늘한 바람을 맞으며 헐
벗은 나무들이 떨고 있었지만 지난 가을에 떨어진 낙엽이 썩고
있는 개천 풀들 사이에서 노란 앵초들이 싹을 틔우고 있었다.
저 넓은 평원에서, 농가의 뜰에서, 눈 녹은 밭에서 마치 발효 냄
새처럼 축축한 향기들이 피어오르고 있었다. 그리고 작고 푸른
싹들이 갈색 땅으로부터 무수히 솟아나와 햇빛에 반짝이고 있
었다.

마치 성채처럼 덩치가 큰 여자가 로잘리 대신 남작 부인의 산책길 동반자가 되었다. 점점 몸이 무거워지는 잔느는 남작과 리종 이모가 부축해주었다. 그들은 거의 말없이 산책을 했다. 한편 쥘리앵은 갑자기 승마에 빠져서 말을 타고 근처를 뛰어다니기 시작했다.

그사이 남작이 아내와 사위를 데리고 이웃의 푸르빌가를 방문한 적이 있었다. 그런데 쥘리앵은 무슨 연유에서인지 이미 그 집과 상당한 교분이 있는 것 같았다.

어느 날 오후 4시경, 말을 탄 남녀 한 쌍이 레푀플 성관 뜰로 들어섰다. 쥘리앵은 몹시 흥분해서 잔느의 방으로 달려 들어왔다.

"빨리 내려가봐. 푸르빌 백작 부부야. 당신 상태를 알고 그냥 이웃으로서 방문한 거야. 당신이 먼저 내려가서 나는 지금 외출 중이고 곧바로 돌아올 거라고 말해. 옷을 갈아입고 내려가야겠어."

잔느는 깜짝 놀라서 내려갔다. 얼굴이 창백한 부인이 차분하게 자기 남편을 잔느에게 소개했다. 예쁜 얼굴이었지만 뭔가 슬픈 듯한 표정이었고, 한 번도 햇빛을 받아보지 못한 듯 윤기 없는 금발을 하고 있었다. 그녀의 남편은 적갈색 턱수염을 뒤집어쓴 도깨비 같은 거인이었다. 남편을 소개한 후 그녀가 덧붙여 말했다.

"드라마르 씨를 여러 번 만날 기회가 있었어요. 그래서 부인이 편찮으시다는 걸 알게 되었지요. 이런저런 격식을 차리느니 그냥 이웃으로서 한시라도 빨리 찾아오는 게 낫겠다싶어 이렇게 결례를 하게 되었어요. 일전에 당신 부친과 어머님이 한 번 찾아주셔서 아주 기뻤답니다."

그녀는 다정하고 세련된 태도로 서슴지 않고 이야기했다. 잔느는 그녀에게 마음이 끌렸고 금세 그녀를 좋아하게 되었다. 그녀는 속으로 '좋은 친구가 되겠어'라고 생각했다.

반대로 푸르빌 백작은 곰이 응접실에 침입한 꼴이었다. 그는 자리에 앉자 모자를 옆 의자에 놓았다. 그런 후 그는 자신의 빈 손을 어디에 두어야 할지 주체하지 못하는 것 같았다. 그는 두 손을 무릎 위에 놓았다가 소파 손잡이에 놓았다가, 마침내 기도하듯이 두 손을 깍지 꼈다.

갑자기 쥘리앵이 응접실로 들어왔다. 잔느는 알아보지 못할 정도로 변한 그의 모습을 보고 놀랐다. 그는 수염을 깎았다. 마치 약혼 시절처럼 그는 잘 생겼고 우아했으며 매력적이었다. 그는 털이 수북한 백작의 손을 잡은 다음, 백작 부인의 손에 입을 맞추었다. 상아처럼 하얗던 백작 부인의 뺨이 발그레해졌으며 눈꺼풀이 떨렸다.

쥘리앵이 입을 열었다. 그는 옛날처럼 상냥했다. 사랑의 거울 같은 그의 눈은 다시 다정해졌으며 조금 전까지만 해도 윤기 없이 꺼칠꺼칠하던 그의 머리칼은 빗질과 향유 덕분에 반짝반짝 물결치고 있었다.

백작 부부가 돌아가려는 순간 백작 부인이 몸을 돌리고 쥘리앵을 향해 말했다.

"자작님, 목요일에 말을 타고 함께 산책하지 않으시겠어요?"

쥘리앵이 좋다고 말하자 이번에 백작 부인은 잔느의 손을 잡고 다정하게 말했다.

"몸이 쾌차하시면 셋이 함께 말을 타고 산책을 하기로 해요. 참 기분 좋을 거예요. 어떠세요?"

그들이 말을 타고 사라지자 쥘리앵이 말했다.

"참 좋은 사람들이야! 친하게 지내면 정말 좋겠어."

잔느도 까닭 없이 기분이 좋아 말했다.

"저 자그마한 백작 부인은 참 매력적이에요. 좋아할 것 같아요. 그렇지만 남편이라는 분은 좀 거친 것 같아요. 어디서 알게 된 거예요?"

남편은 즐거운 듯 손을 비비며 말했다.

"브리즈빌가를 방문했을 때 우연히 만났어. 남편이 좀 거친 건 사실이야. 사냥에 미쳤다나봐. 하지만 진짜 귀족이라고!"

그런 일이 있고 나서 7월 말까지 별다른 일 없이 지나갔다. 그리고 7월 말에 잔느는 진통 끝에 사내아이를 낳았다. 조산이었다. 갓난아이의 첫 울음소리를 듣는 순간 잔느는 환희의 섬광이 몸을 꿰뚫고 지나가는 것을 느꼈다. 그 순간 그녀는 모든 고통에서 해방되었으며, 진정한 행복을 맛보았다. 이제까지 맛보지 못했던 행복이었다. 그녀는 어머니가 된 것이었다.

어머니가 된 이후 그녀의 머릿속에는 단 한 가지 생각밖에 없었다. 내 자식! 사랑에 환멸을 느끼고 온갖 희망이 다 깨져버린 그녀였기에 더욱더 열광적으로 자식을 사랑했다. 아이의 요람은 언제나 그녀 침대 곁에 놓아야만 했고, 그녀가 자리에서 일어날 수 있게 되자 그녀는 요람을 흔들면서 창가에 앉아 며칠이고 보내곤 했다.

이제 잔느의 화제는 온통 아이의 관한 것뿐이었고 다른 이야기는 귀담아듣지도 않았다. 남작 부부는 그녀의 그런 모습을 미소를 지으며 바라볼 뿐이었다. 하지만 쥘리앵은 이 시끄럽게 울어대는 전제적인 폭군의 출현으로 자기의 지배력이 줄어들었다고 느끼고는 무의식적으로 자기 자식을 질투했다. 그는 자기 자리를 빼앗은 자식에 대해 화가 나서 이렇게 말하곤 했다.

"어휴, 저 애새끼나 그 어미나 다 지긋지긋해!"

8월 말에 아이 세례식이 있었고 남작이 대부, 리종 이모가 대모가 되었다. 아이는 피에르-시몽-폴이라는 세례명을 받았는데, 그냥 줄여서 폴이라고 불렀다. 그리고 9월 초가 되자 리종 이모는 소리 없이 떠났다. 하지만 언제나 그랬듯이 그녀가 없어도 그녀가 있을 때와 마찬가지로 그 누구의 주의를 끌지 않았다.

그러던 어느 날 밤이었다. 피코 신부가 찾아왔다. 무슨 비밀스러운 이야기라도 할 게 있는지 좀 거북해하는 모습이었다. 그는 의례적인 인사를 하고 나서 남작 부부에게 특별히 드릴 말씀이 있다며 잠시 시간을 내달라고 부탁했다.

세 사람이 느린 걸음으로 가로수 길까지 걸어가는 동안 잔느와 단둘이 남은 쥘리앵은 뭔가 화가 난 듯 초조한 기색이었다.

사제가 작별 인사를 하고 돌아가려 하자 쥘리앵이 사제의 뒤를 쫓아갔다. 날이 서늘해서 남은 세 사람은 응접실로 들어왔다. 그런데 얼마 후 얼굴이 시뻘겋게 된 쥘리앵이 씩씩거리며 거실로 들어왔다.

제8장

그는 잔느가 그 자리에 있다는 건 염두에도 두지 않고 장인, 장모에게 소리를 질렀다.

"정말이지, 두 분 다 정신이 나갔군요! 저 계집에게 2만 프랑이나 던져버리다니!"

너무나 놀라움이 컸기에 아무도 대꾸를 하지 못했다. 그러자 쥘리앵이 다시 소리를 질렀다.

"정말 더 이상 멍청한 짓을 할 수는 없을 거야! 그래, 우리에게는 단 한 푼도 안 남겨주겠다 이겁니까?"

겨우 정신을 차린 남작이 그를 제지하려 했다.

"입 다물게! 아내 앞에서 이게 무슨 짓이야!"

그러나 쥘리앵은 더욱 화가 나는지 발을 구르며 소리쳤다.

"무슨 상관입니까! 게다가 이 사람도 무슨 일이 벌어지고 있는지 잘 알 거 아닙니까? 두 눈 뜬 채 부당한 도둑질을 당하고 있으니!"

잔느는 영문도 모르는 채 놀란 눈으로 중얼거렸다.

"무슨 일인데요?"

쥘리앵은 그녀를 향해 몸을 돌리더니, 마치 둘 다 공통 피해자인 양 이야기를 털어놓았다. 그는 빠르게, 로잘리를 시집보내려는 음모가 진행되고 있으며, 최소한 2만 프랑은 나가는 바르빌의 농장을 남편감에게 내놓았다고 말했다. 그러고는 다시 되풀이했다.

"여보, 당신 부모들은 미쳤어. 잡아 묶어둬야 할 정도야! 2만 프랑! 2만 프랑! 정말 정신이 나간 거야! 사생아에게 2만 프랑이라니!"

하지만 잔느는 아무 생각도 없었다. 자기도 놀랄 정도로 냉정했다. 그녀는 이제 자식에 관한 일이 아니면 그 어떤 일에도 무관심했다.

남작은 기가 차서 숨이 막힐 정도였다. 처음에는 말도 나오지 않았지만 결국 분노가 폭발했다.

"네놈 지금 무슨 말을 하고 있는지 알고나 지껄이는 거냐? 정말 두고 볼 수 없을 지경이군! 저 자식 딸린 계집애에게 돈을 줄 수밖에 없게 만든 게 누구야? 그 애가 누구 애야? 그래, 이제 와서 그 애를 버리겠다는 거야, 뭐야!"

쥘리앵은 평소 그렇게 순하던 남작이 격분하자 놀라서 그를 말끄러미 바라보았다. 이어서 그는 좀 누그러진 어조로 말을 이었다.

"아무리 그래도 1,500프랑이면 충분할 걸 2만 프랑이나 쓰면 됩니까? 이 근처 계집들은 다 시집가기 전에 자식들이 있어요.

제8장

만일 2만 프랑이나 주면 이 집에 무슨 일이 있었다고 광고하는 꼴 아닌가요? 가문의 명예도 좀 생각하셔야지요.”

그는 마치 자신의 말이 논리에 맞고 당당하다는 확신에 찬 어조로 말을 했다. 남작은 이런 말도 안 되는 논리에 기가 차서 입을 떡 벌린 채 아무 말 없이 서 있었다. 그러자 쥘리앵은 자기가 유리하다고 생각하고 결론처럼 말했다.

“다행히 아직 일은 진행된 게 없습니다. 저는 저 애와 결혼하겠다는 젊은 애를 한 명 알고 있어요. 아주 좋은 놈입니다. 내가 그 녀석과 모든 걸 다 마무리 짓겠습니다.”

남작은 더 이상 사위와 왈가왈부하고 싶지 않았다. 그러자 쥘리앵은 자신의 의견을 받아들인 것으로 생각하고 밖으로 나갔다.

그가 나가자 남작이 탄식했다.

“오, 정말 너무하는구나! 정말 너무해!”

그때였다. 이제까지 가만히 있던 잔느가 갑자기 웃음을 터뜨렸다. 무슨 재미있는 구경거리라도 본 것 같은 명랑한 웃음소리였다.

“아버지, 보셨지요? 2만 프랑이라고 할 때 그 목소리 들으셨지요?”

남작 부인은 눈물에도 전염이 빨리 되었지만 즐거움에도 반응이 빨랐다. 그녀는 사위의 어처구니없는 태도, 그 화를 내던 상판대기, 그 말투, 자기가 애를 배게 한 계집에게 제 돈도 아니고 남의 돈을 주려 하는데 화를 내며 반대하던 모습을 생각하며, 딸과 함께 온몸을 흔들며 눈에 눈물이 고일 정도로 웃었다. 곧이어 남작도 함께 웃음을 터뜨렸다. 세 사람은 마치 지난 시절 행복했던 때처럼 모처럼 배가 아플 정도로 웃어댔다.

　웃음이 가라앉자 잔느가 조금은 놀란 표정으로 말했다.

　"이상해요. 어째서 아무렇지도 않은 거지요? 이제 정말 남 같은 기분이에요. 제가 그 사람 부인이라는 생각조차 들지 않아요. 보세요. 저 사람이 저렇게 야비한 짓을 하는데, 저는 그걸 즐기고 있잖아요."

　셋은 다시 이유 없이 웃음을 터뜨리며 서로 껴안았다.

　이틀 후였다. 남작 부부와 잔느는 점심 식사 후 플라타너스 그늘 아래 앉아 있었다. 쥘리앵은 말을 타고 밖으로 나가고 없었다. 스물대여섯 살 정도 된 작업복 차림의 키 큰 남자 한 명이 그들에게 다가오더니 모자를 벗고 어색한 표정으로 인사를 했다. 아무도 아는 체를 안 해주자 그는 자기소개를 했다.

"안녕하십니까, 남작님, 그리고 마님. 저는 데지레 르코크라고 하는 사람입니다."

남작이 물었다.

"무슨 일이오?"

그는 떠듬떠듬 이야기를 꺼냈다.

"저, 이 일에 관해서 신부님 말씀을 듣고…… 저, 댁의 하녀인 로잘리 일로 해서……."

잔느는 무슨 이야기인지 짐작하고, 어린애를 안고 그 자리를 떠났다. 남작은 그 젊은이에게 앉으라고 말했다.

"그래, 자네가 로잘리와 결혼하겠다는 건가?"

"글쎄요, 그게 할 수도 있고 안 할 수도 있어서……."

"그게 무슨 소린가? 솔직하게 말해봐. 그래 그 애하고 살겠다는 거야, 안 살겠다는 거야?"

"신부님 말씀대로라면 살겠지만 쥘리앵 님 말씀대로라면 살지 않겠습니다."

남작은 모든 것을 짐작할 수 있었다. 그는 딱 잘라서 말했다.

"난 일구이언은 안 해. 바르빌 농장을 자네에게 주고, 나중에는 자네 자식 소유로 하겠다고 신부님께 분명히 말씀드렸어. 그 농장은 2만 프랑의 값이 나갈 거야. 그러면 됐지? 할 거야,

안 할 거야?"

이 약삭빠른 노르망디 청년의 얼굴에 당장에 희색이 돌았다. 그는 가벼운 걸음걸이로 돌아갔다. 남작은 그 남자가 왔다갔다는 것을 쥘리앵에게 말하지 않았고, 결혼식은 일요일 아침에 거행되었다. 이 지방에서 그 결혼식을 이상하게 생각하는 사람은 아무도 없었고 모두들 데지레 르코크를 부러워했다.

쥘리앵은 몹시 화가 나서 펄펄 뛰었다. 그 때문에 장인, 장모는 예정보다 빠르게 레푀플을 떠나 루앙으로 돌아갔다. 잔느는 부모님을 떠나보내면서 그다지 슬프지 않았다. 그녀 곁에는 폴이 있었던 것이다.

제9장

잔느의 몸이 완전히 회복되자 부부는 푸르빌가로 답방을 하기로 했다. 부부는 쥘리앵이 최근에 경매에서 구입한 마차를 타고 노르망디 평원을 꽤 오래 달린 끝에 라 브리에트 성관에 도착했다. 성관으로 들어선 후, 도개교를 지나 루이 13세풍의 거대한 정면 현관을 지나자, 역시 루이 13세풍의 우아한 저택이 나타났다.

쥘리앵은 마치 자신이 이 건물을 속속들이 알고 있다는 듯 감탄을 곁들여 잔느에게 상세히 설명했다.

"저 현관을 좀 봐. 정말 굉장한 저택이지! 뒤쪽에도 현관이 있는데 연못 쪽으로 나 있어. 그 못에는 배가 네 척이나 있다고! 둘은 백작 것이고 둘은 부인 거지. 이 근방에 물새들이 많아서 백작은 거기서 사냥을 즐기지. 이런 거야말로 귀족의 저택이라고 할 만해."

현관 입구 문은 열려 있었다. 창백한 낯빛의 백작 부인이 웃으며 손님 마중을 나왔다. 부인이야말로 이 저택을 위해 태어난 미인 같았다.

응접실 창문은 모두 여덟 개가 있었는데, 그중 네 개는 연못을 향해 있었고 나머지 네 개는 울창한 전나무 숲으로 이루어진 언덕을 향하고 있었다. 백작 부인은 마치 어린 시절부터 친구인 양 잔느의 손을 다정하게 잡고 소파에 앉게 한 후 자신도 그 옆에 앉았다.

얼마 후 장화를 신은 백작이 물에 젖은 개 두 마리와 함께 나타났다. 연못에서 오리 사냥을 하고 돌아오는 길이었다. 백작은 자기 집이라서 그런지 전에 보았을 때보다는 훨씬 자연스러운 모습이었다.

그날 부부는 그 성관에서 하룻밤을 지냈다. 잔느는 아이와 하루 떨어져 있기가 싫어 사양했지만 주인 내외들이 성심껏 권하는 데다 남편의 심기를 건드리기 싫어 응낙한 것이다. 잔느는 오후에 보트를 타고 그들과 함께 신선한 샘터에도 다녀오고, 저녁 식사 후에는 다시 배를 타고 백작이 밤에 그물로 물고

기 잡는 광경도 구경하면서 즐겁게 보냈다.

마치 깊이 뚫린 구멍처럼 1년 중 가장 음침한 검은 12월이 흘러갔다. 지난해처럼 또다시 칩거 생활이 시작되었다. 하지만 잔느의 곁에는 폴이 있어 조금도 지루하지 않았다. 쥘리앵은 여전히 불만에 가득 찬 눈초리로 아들을 노려볼 뿐이었다.

그 겨울, 푸르빌 부부가 이따금 그들을 방문했다. 자식이 없는 백작은 폴을 무척 귀여워했다. 거인같이 큼직한 손으로 익숙하게 아이를 다루고 귀여워죽겠다는 듯 입을 맞추어주었다.

청명한 3월 어느 날, 백작 부인의 제안으로 네 명은 말을 타고 소풍을 갔다. 백작 부인과 쥘리앵이 내내 앞장을 섰으며 백작과 잔느가 백 보 정도 뒤 떨어져서 말을 몰았다. 백작과 잔느는 금세 믿음직한 친구가 되었다. 비슷한 영혼을 지니고 있었고 둘 다 마음씨가 순수해서 죽이 맞았던 것이다. 앞선 두 사람은 정겹게 이야기를 나누다가 폭소를 터뜨리기도 하고 이따금씩 서로 눈길을 마주하기도 했다. 그러고는 마치 멀리 도망가고 싶은 욕망을 보여주듯 별안간 속보로 달리기도 했다. 이후 그들은 자주 말을 타고 소풍을 나갔다. 그럴 때면 창백한 백작 부인의 얼굴이 행복해 보였고, 자주 우울한 기색을 보이던 아내의 그런 모습을 보고 백작도 행복해했다.

백작이 어느 날 잔느에게 말했다.

"저희들은 지금 너무 행복합니다. 제 아내 지베르트가 이처럼 상냥했던 적은 없었거든요. 이제 저는 제 아내가 저를 사랑한다는 걸 확실히 알 수 있습니다. 이전까지는 확신할 수 없었거든요."

변한 사람은 백작 부인만이 아니었다. 쥘리앵도 사람이 변해 있었다. 그는 전보다 훨씬 쾌활해졌으며 짜증을 내지도 않았다. 마치 두 집안이 친하게 지내면서 두 가정 모두에 행복과 기쁨이 찾아온 것 같았다.

이상하게 봄이 빨리 왔고 날이 따뜻했다. 따스한 태양빛을 받아 도처에 생명의 싹들이 돋고 있었다. 마치 이 세상 모든 싹들이 동시에 솟아오른 것만 같았다. 잔느는 이 생명의 발효에 막연히 마음이 싱숭생숭해졌다. 풀 사이에서 자그마한 꽃을 보아도 맥이 풀리는 것 같았고, 달콤한 우수에 젖었으며 부드러운 몽상에 빠졌다.

그러자 처음 사랑을 시작할 때의 추억이 가슴에 스며들었다. 물론 쥘리앵을 향한 사랑이 되살아난 것은 아니었다. 그 사랑은 이미 끝났고 영원히 다시 찾아오지 않을 것이었다. 하지만

제9장

123

미풍이 어루만져주는 그녀의 육신은 봄의 향기에 취해서 무언가 보이지 않는 부드러운 속삭임에 이끌리는 것만 같았다. 그럴 때면 그녀는 홀로 따뜻한 햇볕에 몸을 맡긴 채, 아무런 생각도 없이 막연하면서도 신선한 감각과 기쁨에 마음껏 잠겼다.

어느 날 아침이었다. 여느 때와 마찬가지로 그녀가 그렇게 홀로 비몽사몽간을 헤매고 있을 때였다. 하나의 환영이 그녀의 눈앞을 스치고 지나갔다. 에트르타 가까이 있는 작은 숲, 어두운 나무 그늘 한가운데 햇빛이 비치고 있는 빈 터의 환영이었다. 그녀는 그곳에서 생전 처음으로 자신을 사랑하던 젊은 남자 옆에서 자신의 몸이 떨리는 것을 경험했던 것이다. 그 남자는 그곳에서 더듬거리면서 자신의 마음속 욕망을 그녀에게 털어놓았었다.

잔느는 갑자기 그 숲에 다시 한번 가보고 싶었다. 마치 그곳을 찾아가보면 자신의 삶에 어떤 변화가 올지도 모른다는 감상적이고 미신 같은 생각이 들기도 했다.

쥘리앵은 새벽부터 어디론가 가고 없었다. 그녀는 그녀의 작은 말에 안장을 얹게 한 후 밖으로 나갔다. 풀잎 하나, 나뭇잎 하나 까딱하지 않는 조용하기 그지없는 날이었다. 이 고요함에 젖어 잔느는 행복한 마음으로 천천히 말을 몰았다. 그녀는 이따금 눈을 들어 한 줌 솜덩어리만 한 구름을 올려다보았다.

그녀는 에트르타의 문이라 불리는 큰 절벽 아치 사이로 바다까지 뻗어 있는 계곡을 내려가기 시작했다. 그리고 조용히 숲속으로 들어갔다. 갓 피어난 나뭇잎 사이로 햇빛이 마치 빗줄기처럼 내리쪼이고 있었다. 그녀는 쉽게 그 장소를 찾지 못하고 이리저리 헤맸다. 그 순간, 막다른 길 나무에 매어져 있는 말 두 필의 모습이 보였다. 그녀는 그 말들을 금방 알아보았다. 지베르트와 쥘리앵의 말이었다. 그녀는 반가워서 그 쪽으로 말을 달렸다.

두 필의 말이 매어져 있는 곳에 가서 그녀는 그들의 이름을 가만히 불러보았다. 아무 대답이 없었다. 그때 여자의 장갑 한 짝과 채찍 두 개가 잔디 위에 떨어져 있는 것이 그녀의 눈에 들어왔다. 잔디가 짓눌려 있는 것으로 보아 그곳에 둘이 앉아 있다가 어디 더 먼 곳으로 간 모양이었다. 잔느는 둘이 어디서 뭘 하나 궁금해하며 15분이나 20분 정도 기다려 보았다. 아무 생각이 없던 그녀에게 갑자기 의혹이 생겼다. 그녀는 다시 장갑 한 짝과 채찍을 바라보았다. 그러자 그녀는 한시라도 빨리 이 곳에서 도망가고 싶다는 생각에 얼른 말 위에 올랐다.

그녀는 말을 빨리 몰아 레푀플로 돌아오면서 생각했다.

제9장

125

'어째서 좀 더 일찍 짐작도 못한 거지? 어째서 전혀 모르고 있었지? 쥘리앵이 그렇게 자주 집을 비웠잖아. 다시 이전처럼 멋을 내기 시작했잖아. 그리고 그렇게 기분 좋아했잖아. 어째서 눈치를 채지 못한 거지? 그래, 백작 부인이 자주 흥분을 하거나, 아양을 떠는 것도 백작 말대로 행복해서였을 거야.'

처음에는 좀 흥분했지만 그녀는 곧 냉정을 되찾았다. 질투나 증오감은 들지 않았다. 대신 맹렬한 경멸감이 치밀어 올랐다. 남편 쥘리앵을 향한 경멸감이 아니었다. 이제는 그가 무슨 짓을 하더라도 그녀는 전혀 놀랄 것이 없었다. 그러나 자기 친구라 생각했던 백작 부인의 이중 배신은 참기가 어려웠다. 이 세상 사람은 모두 신의가 없고 거짓말쟁이란 말인가? 잔느의 눈에 눈물이 잔뜩 고였다. 그러나 그녀는 아무것도 모르는 체하자고 결심했다. 대신 마음의 문을 더 단단히 잠갔다.

'그래, 앞으로는 폴과 부모님만을 사랑할 거야. 다른 사람들은 그저 꾹 참고 부드러운 얼굴로 대하며 지내는 거야. 온갖 다른 애정에 대해서는 영혼을 닫아버릴 거야.'

집으로 돌아온 그녀는 곧장 아들에게 달려가 한 시간 동안 정신없이 입맞춤을 해댔다.

쥘리앵은 저녁 식사 시간이 되어서야 상냥한 미소를 띤 채 돌아왔다. 그는 이리저리 잔느의 비위를 맞추며 말했다.

"아버님과 어머님은 올해는 안 오시려나?"

잔느는 그가 그토록 상냥하게 굴자, 숲속에서의 일은 거의 다 용서해주었다. 그와 동시에 사랑하는 부모님을 한시라도 빨리 보고 싶다는 욕구가 치솟았다. 그녀는 꼬박 밤을 새워가며 부모님이 한시라도 빨리 와주셨으면 좋겠다고 독촉하는 편지를 썼다. 부모님은 5월 20일에 도착하겠다는 답장을 보내왔다. 답장이 도착한 날은 5월 7일이었다.

그녀는 용서를 하고 있었지만 지베르트를 향한 분노가 사라진 것은 아니었다. 물론 자기 남편을 빼앗은 데 대한 분노가 아니었다. 지베르트도 다른 천박한 사람들과 마찬가지로 그런 속된 관능의 포로가 되었다는 사실에 대한 분노였다. 그 여자만은 저속한 본능의 지배를 받는 속된 사람이 아닌 줄 알았었다. 그런데 어떻게 그렇게 짐승 같은 자들과 마찬가지로 그런 오욕에 빠질 수 있단 말인가!

부모님은 약속한 날에 도착했다. 역마차가 계단 앞에 서고 아버지 얼굴이 보이자 잔느는 이제까지 느껴보지 못했던 깊은 감동에 온통 마음이 흔들릴 지경이었다.

하지만 어머니의 얼굴을 보는 순간 그녀는 깜짝 놀랐다. 거의 까무러칠 지경이었다. 6개월 만에 보는 얼굴인데 거의 10년 이상이나 늙어보였던 것이다. 거대하게 부풀어 오른 볼은 그 안에 피가 가득 차 있는 듯 진홍빛이었고, 눈에는 빛이 하나도 없었다. 양 겨드랑이를 부축해주지 않으면 한 발자국도 움직이지 못했고 괴로운 호흡을 내뱉고 있었다. 하도 괴로워하는 모습이라 보는 사람마저 괴로워질 정도였다.

잔느는 부모님을 방까지 모시고 간 후 자기 방으로 가서 넋을 잃고 몹시 울었다. 아버지가 방으로 들어오자 그녀는 아버지의 품에 뛰어들어 울며 말했다.

"어머니가 왜 저렇게 변하셨어요? 어디 아프세요? 말해주세요. 무슨 일이 있었던 거예요?"

남작은 매일 곁에서 부인을 보아왔기에 부인의 변화를 거의 눈치채지 못했다. 그가 말했다.

"무슨 소리니? 아냐, 그런 생각 말아. 그럴 리가 없어. 내가 한시도 곁을 떠나지 않았는데. 엄마가 아프지 않다는 걸 내가 장담하마. 여전해."

그 후 1주일쯤 지나자 잔느도 어머니 모습에 익숙해져서 더이상 그 생각을 하지 않았다. 이제 거의 움직이기 힘들어진 남작 부인은 하루에 겨우 30분 정도만 산책을 했다. '그녀의 산책 길'을 한 번만 돌고 나면 꼼짝도 할 수 없어 벤치에 앉았으며, 어떤 때는 아예 산책을 도중에 그만두기도 했다.

며칠 후 남작은 볼일이 있어서 루앙으로 가고 없었다.

정말로 너무 좋은 계절이었다. 아늑한 저녁이 지나면 별이 총총한 밤이 뒤따랐으며 눈부신 여명 뒤에는 청명한 낮이 찾아왔다. 어머니도 몸이 좋아지신 것 같아, 잔느는 쥘리앵의 정사(情事)도 잊은 채 행복한 마음이었다.

그날 낮에 잔느는 폴을 품에 안고 들판으로 나갔다. 그녀는 개울가에 앉아 귀여운 아들의 얼굴을 바라보며, 장차 이 아이가 무엇이 될까, 즐거운 상상에 잠겼다. 출세를 해서 권세 있는 인물이 되었으면 좋겠다고 생각하다가, 그냥 평범하게 자기 곁에 살면서 자기를 위해 늘 두 팔을 벌려주는 게 낫다고도 생각했다. 이기적인 마음으로 자식을 귀여워할 때는 언제까지나 사랑스러운 아들로 있어주었으면 하고 생각하다가도, 이성적으로 자식을 귀여워할 때는 자식이 큰 인물이 되기를 바랐다.

그때였다. 멀리서 누군가 자기를 부르는 소리가 들렸다. 잔느가 고개를 들어보니 마리우스가 달려오고 있었다. 누가 찾아왔나 생각하며 몸을 일으키니 마리우스가 뛰어오며 소리쳤다.

제9장

129

“부인, 남작 부인이 위독하십니다.”

잔느는 등줄기로 찬 물줄기가 흘러내리는 것 같았다. 그녀는 정신없이 황급히 달려갔다.

플라타너스 그늘 아래 많은 사람들이 모여 있는 것이 멀리서도 보였다. 그녀가 나타나자 사람들이 길을 터주었다. 두 개의 베개를 머리에 받치고 땅에 누워 있는 어머니의 모습이 보였다. 얼굴이 온통 새까맣게 되어 있었으며 눈은 감고 있었다. 유모가 폴을 안고 저만치 가자 잔느가 황급히 물었다.

“무슨 일이에요? 어머니가 어쩌다 넘어지신 거예요?”

그녀가 등을 돌려보니 언제 누가 알렸는지 피코 신부가 서 있었다. 피코 신부의 지시로 모두들 힘을 합해 겨우 남작 부인을 부인의 방 침대에 눕힐 수 있었다.

소작 농부 한 사람이 의사를 부르러 급히 말을 타고 읍내로 갔고 잔느는 어찌할 바를 몰라 울먹이고만 있었다.

두 시간 후 의사가 와서 부인의 상태를 살펴보더니 잔느에게 조용히 말했다.

“아무래도…… 가망이 없으신 것 같습니다……. 자, 기운을 차리세요.”

잔느는 정신없이 두 팔을 벌리고 어머니에게로 달려들었다.

쥘리앵이 방으로 들어섰다. 그는 슬프거나 절망의 기색도 내보이지 않은 채, 그냥 망연자실해 있었다. 분명히 언짢은 표정을 하고 있었지만 너무 급작스레 일을 당하는 바람에 이런 경우 당연히 지녀야 할 얼굴빛이나 태도를 보일 수가 없었던 것이다.

잔느는 두 팔로 이미 숨을 거둔 어머니의 몸에 매달려 온몸에 입을 맞추고 있었다. 마치 미친 것 같았다. 쥘리앵이 그녀를 억지로 떼어내 그녀의 방으로 데리고 가게 했다.

날이 저물었다. 사람 좋은 신부는 잔느에게 와서 온갖 위안의 말을 해주었지만 아무런 소용이 없었다. 잔느는 밤새 죽은 이의 영혼을 위해 기도하겠다는 신부의 제안을 거절하고 그날 밤 자기 혼자 어머니 곁에서 지내겠다고 말했다. 어머니와 마지막 고별의 밤을 함께 지내고 싶었던 것이다. 피코 신부는 그녀의 말을 받아들였고 잔느를 고인의 방에 홀로 둔 채 모두들 그 방에서 나갔다. 한편 쥘리앵은 심부름꾼을 루앙으로 보내, 장인에게 소식을 전하게 했다.

잔느는 일종의 부동(不動)의 슬픔에 잠겨 있었다. 아무것도 보이지 않고 아무것도 느끼지 못하고 아무것도 의식하지 못하는 것 같았다. 잔느는 문을 닫고 두 개의 창문을 활짝 열어젖혔다. 훈훈한 바람이 얼굴로 불어왔고, 다시 가슴이 아파왔다.

제9장

131

그녀는 다시 침대 곁으로 가서 차디찬 어머니의 손을 잡았다. 졸도할 때 그렇게 부풀어 올랐던 뺨도 정상으로 돌아간 것 같았다. 그리고 아주 평온하게 잠들어 있는 것 같았다. 그녀는 거의 무감각 상태에서 '어머니가 돌아가셨어'라는 말만 되풀이했다. 그러자 갑자기 그 말이 지닌 무게가 실감으로 느껴졌다.

'여기 누워 있는 분이, 어머니가, 엄마가, 아델라이드 부인이 돌아가셨다고? 이제는 움직이지도 않고, 웃지도 않고, 이야기도 하지 않게 되었다고? 이제 다시는 아버지와 식탁에 마주 앉아 식사를 하는 일도 없을 거라고? 다시는 '잘 잤니, 자네트야'라고 인사하는 일도 없을 거라고?'

아아, 어머니는 정녕 돌아가시고 만 것이다. 얼마 안 가서 사람들이 관속에 넣고 못질을 한 후 땅에 묻으면 그것으로 그만인 것이다. 두 번 다시 어머니를 보지 못하게 될 것이다. 그럴 수가 있는 건가? 어떻게? 이제 자기에게는 어머니가 없는 건가? 눈을 뜨기만 하면 보이던 이 정답고 친근한 얼굴! 팔을 벌리자마자 사랑이 샘솟던 이 얼굴! 이 단 하나뿐인 존재, 진정으로 그 어떤 사람들보다도 진정으로 소중하던 이분, 나의 어머니이신 이분이 사라져버린 것이다! 그리고 이 얼굴, 움직이지도 않고 생각도 없는 이 얼굴도 몇 시간밖에는 볼 수가 없다.

그러고는 오로지 추억밖에는 아무것도, 그 아무것도…….

잔느는 무서운 절망에 빠져 이불에 얼굴을 묻고 소리를 죽여 오열했다.

"아, 엄마! 불쌍한 우리 엄마! 엄마!"

그녀는 미칠 것처럼 눈길을 달려가던 그날과 비슷한 기분을 느끼고 일어나 창가로 가서 밖의 신선한 공기를 들이마셨다. 부드러운 공기가 그녀의 가슴에 스며들자 그녀는 어느 정도 진정이 되었다. 그녀는 조용히 울기 시작했다.

잔느는 시계를 보았다. 아직 10시 반이었다. 밤새 홀로 이 방에 있어야 한다는 것이 좀 무섭게 생각되었다. 그러다 그녀는 갑자기 자기 삶을 되돌아보았다. 가슴 아픈 추억들이었다. 로잘리 그리고 지베르트……. 온통 비참과 슬픔과 불행과 죽음뿐이었다. 모두 속이고, 거짓말하고, 자신을 괴롭히고 울게 만든다. 자그마한 휴식과 기쁨을 찾을 만한 곳은 아무 데도 없다. 도대체 어디서 그런 것을 찾아야 하나? 아마 저승에서야 찾을 수 있을 거야. 영혼이 이 땅의 시련으로부터 해방된 다음일 거야.

영혼! 잔느는 이 풀 수 없는 신비에 대해 생각하기 시작했다.

어머니 영혼은 지금 어디 있을까? 이 얼음처럼 차가워진 채 움직이지 않는 육신 속에 들어 있던 영혼은? 새장에서 빠져나간 새처럼 어디론가 사라져버렸을까? 신의 곁으로 불려갔을까? 새 생명으로 태어나려고 어디 깃들 준비를 하고 있을까? 어쩌면 아주 가까이 있는지도 몰라. 지금 이 육신 주변을 떠돌고 있는지도 몰라.

그때 날벌레 한 마리가 들어와 윙윙 소리를 냈다. 그녀의 눈길이 날벌레를 좇아가다가 스핑크스 머리가 달린 책상 서랍에 멈추었다. 유물이 들어 있는 가구였다. 갑자기 그녀는 정겨우면서도 이상한 생각이 들었다. 그것은 고인이 소중하게 간직했던 편지들을, 오늘 밤 마치 무슨 경건한 책을 읽듯이 읽어보고 싶다는 생각이었다. 어머니의 영혼이 이곳을 떠돌지도 모른다는 생각에 이어 자연스럽게 찾아온 생각이었다. 그녀에게는 그것이 저승으로 간 어머니에게 자식으로서의 섬세하고 신성한 의무를 다하는 것처럼 여겨졌으며, 그렇게 하면 어머니가 기뻐하실 것처럼 생각되었다. 그리고 돌아가신 어머니와 자기 사이에 일종의 신비스러운 연결 고리가 생길 것만 같았다.

그녀는 자리에서 일어나 책상 서랍을 열고, 그 안에서 차곡차곡 접어 끈으로 묶어놓은 열 개 정도의 편지 다발을 꺼냈다. 그녀는 그 편지 다발들을 침대 위 남작 부인의 두 팔 사이에 놓고, 첫 번째 꾸러미를 풀었다. 그리고 섬세한 감상에 젖어 그것들을 읽기 시작했다.

그 편지들은 그 편지를 받아볼 상대, 그러니까 잔느의 어머니의 연배에 따라 호칭이 "사랑하는 내 딸에게" "귀여운 어린 딸에게" "나의 귀여운 아이에게" "사랑하는 아델라이드에게" 등등으로 바뀌어 있었다. 잔느가 한 번도 본 적이 없는 할아버지, 할머니가 그들의 딸에게 보낸 편지 뭉치였다. 그녀는 죽어서 누워 있는 어머니를 다시 바라보았다. 지나간 어머니의 비밀스러운 삶, 그녀의 마음속으로 들어간 것 같았다. 그녀는 망자의 마음을 위로해주려는 듯, 그것들을 소리 내어 읽었다. 그러자 꼼짝 않고 있는 시체가 즐거워하는 것만 같았다.

이어서 잔느는 다른 편지 꾸러미를 풀었다. 다른 필적이었다. 그녀는 편지를 펼쳐서 읽었다. 그 편지는 이렇게 시작하고 있었다.

나는 이제 당신의 애무가 없이는 지낼 수 없다오. 당신을
미칠 듯이 사랑하오.

내용은 그뿐, 서명도 없었다. 잔느는 이게 무슨 이야기인지 영문을 몰라서 겉봉을 보았다. '르 페르튀이 데 보 남작 부인

앞'이라고 적혀 있었다. 분명히 어머니에게 온 편지였다.

그녀는 다음 편지를 펼쳐보았다.

오늘 저녁 그 사람이 나가는 대로 와주세요. 한 시간 정
도 같이 있을 수 있을 겁니다. 당신을 열렬히 사모합니다.

또 이런 편지도 있었다.

밤새, 당신을 미친 듯 그리워하면서 보냈습니다. 나는 내
팔에 당신을 안고 있었고 내 입술 밑에 당신의 입술을,
당신의 눈 밑에 내 눈을 두고 있었습니다. 그리고 지금
당신이 그 사람 곁에서 자고 있다, 그가 자기 마음대로
당신을 소유하고 있다는 생각이 들자 창밖으로 몸을 내
던지고 싶은 격렬한 감정을 느꼈습니다.

이게 뭐지? 이 사랑의 말들은 누가 누구를 향해 던진 거지?
계속 읽어보니 미친 듯한 사랑의 고백, 신중한 밀회 약속들뿐
이었다. 그리고 모든 편지들 끝에는 반드시 이 편지를 태워버
리라는 추신이 덧붙여 있었다.

그녀는 그중 편지 한 통에서 '폴 덴느마르'라는 서명을 발견했다.

폴 덴느마르? 지금도 아버지가 '불쌍한 폴 영감'이라고 다정하게 부르는 그 사람? 부인이 어머니와 가장 친한 친구였던 그 사람?

잔느는 순간 모든 것을 알 수 있었다. 어머니는 그 사람과 연인 사이였던 것이다. 그녀는 얼떨떨해지면서 이 추악한 편지들을 휙 내팽개쳤다. 그리고 창가로 달려가서 목이 메어 울기 시작했다. 그녀는 그 자리에 무너지듯 주저앉아 울음소리를 막기 위해 커튼으로 입을 막고 하염없이 울었다. 아마 밤새도록 그렇게 울고 있을 기세였다.

그때였다. 옆방에서 발소리가 났다. 어쩌면 아버지일지도 몰랐다. 편지들은 마룻바닥에 흩어져 있었다. 아버지가 하나라도 펴보시면? 아버지가 이 사실을 아신다면?

그녀는 모든 편지를 한꺼번에 벽난로 속에 던져버렸다. 그리고 촛불을 들고 와 그것들을 모두 태워버렸다. 편지들이 모두 재로 변하자 그녀는 다시 창가로 돌아가 앉아 울기 시작했다.

"오, 불쌍한 우리 엄마! 불쌍한 우리 엄마!"

어느덧 날이 밝고 하늘이 장밋빛으로 변했다. 사랑스럽고 아

제9장

137

름다운 색깔이었다. 그녀는 무슨 기이한 현상이라도 마주한 듯 놀라서 여명을 바라보았다. 이렇게 아름답게 밝아오는 이 세상에 어떻게 기쁨도 행복도 없을까, 이상할 따름이었다.

그때 문 여는 소리가 들렸다. 쥘리앵이었다. 그가 그녀에게 말했다.

"어때, 피곤하지 않소?"

"아뇨."

그녀는 남편에게 가볍게 입을 맞추고 자기 방으로 돌아왔다.

저녁에 도착한 남작은 많이 울었다. 장례식은 이튿날 거행되었고 리종 이모도 왔으며 지베르트도 와서 애도해주었다. 상복을 우아하게 입은 쥘리앵은 조문객이 많은 것에 흡족해하는 것 같았다. 그는 잔느의 귀에 대고 속삭였다.

"귀족이란 귀족은 다 온 것 같아. 정말 볼만해."

그런 후 그는 부인들에게 일일이 인사를 한 후 밖으로 나갔다.

장례식이 거행되는 동안 리종 이모와 지베르트만이 잔느의 옆자리를 지켜주었다. 백작 부인은 "가엾어라. 가엾어라"를 연발하며 쉴 새 없이 잔느에게 입을 맞추었다. 푸르빌 백작이 그의 아내를 찾으러 왔을 때 그녀는 마치 자기 친어머니가 돌아가신 듯 울고 있었다.

제10장

장례식이 끝나고도 며칠 동안 잔느는 슬픔에서 벗어날 수 없었다. 영원히 이 세상에서 사라져버린 사람의 부재(不在)로 인해 텅 비어버린 것 같은 집은 음산하기만 했다. 그리고 고인이 늘 쓰던 물건에 눈이 갈 때마다 고통이 밀려왔다.

여기 고인이 앉아 있던 안락의자가! 고인이 들던 양산이! 하녀가 아직 치우지 않은, 고인이 쓰던 컵이!

어느 방에 들어가도 고인을 생각나게 하는 것들이 있다. 가위, 한 짝뿐인 장갑, 손때가 잔뜩 묻은 책, 그 외에 사소한 여러 일들을 떠올리며 보는 이를 더욱 비통에 잠기게 하는 무수한 하찮은 것들!

그리고 고인의 음성이 귓전을 떠나지 않는다. 그 소리가 생생히 들리는 것 같다. 그 어디라도 좋으니 도망가고 싶다. 그 무엇엔가 사로잡힌 이곳에서 빠져나가고 싶다.

게다가 잔느는 자신이 발견한 모친의 비밀이 생각나 더더욱 괴로웠다. 그 생각이 그녀를 짓눌렀으며 산산이 부서진 마음은 좀처럼 치유되지 않았다. 이 무서운 비밀로 인해 그녀는 이제 더욱 고독해졌다. 마지막 믿음이 무너지면서 그녀의 마지막 신뢰도 무너져 내렸다.

아버지는 얼마 안 있어 루앙으로 떠났다. 점점 더 자신을 깊이 빠져들게 만드는 이 어둠에서 벗어나, 다른 곳에서 새로운 공기를 마시기 위해서였다. 그리고 시간이 흐르면서 집은 차츰차츰 정상을 되찾았다. 잔느는 다시 폴을 사랑하며 조금씩 어머니를 잃은 슬픔에서 벗어났다. 잔느는 도저히 사라지지 않으리라 생각했던 마음의 상처가 두 달도 되지 않아 가라앉는 것을 보고 스스로도 놀랐다. 이제 그녀에게는 그전에도 늘 그랬듯이 일상적 슬픔에 잠긴 나날들이 계속되었을 뿐이었다. 이제는 아무런 사건도 일어날 것 같지 않았다. 폴이 자라서 자신을 사랑해줄 것이고 자신은 남편에게는 아무런 마음도 쓰지 않고 조용히 늙어갈 것이다. 그녀는 거의 체념한 심정으로 자신의 그런 인생을 받아들일 준비가 되어 있다고 스스로 믿고 다짐했다.

9월 말이었다. 피코 신부가 새 법의를 입고 정식으로 레푀플 성관을 찾아왔다. 그의 곁에는 젊은 사제가 한 명 서 있었다. 늙은 사제는 자신이 고데르빌의 교구장으로 임명되었다고 말했다. 승진한 것이다. 그와 함께 온 젊은 사제는 그의 후임인 톨비악 신부였다. 삐쩍 마른 체구에 키가 무척 작았으며 과장하는 말투에 눈 주위가 검게 깊이 파여 있어, 그의 사나운 성격을 드러내고 있었다.

잔느는 이곳에서의 자기의 삶 전체와 연관되어 있는 신부와의 이별이 진정으로 슬펐다. 그는 자신을 결혼시켜주었고, 폴에게 세례를 주었으며 어머니를 장례시켜주었다. 이곳, 에투방 지역을 생각할 때마다 농가의 뜰을 따라 걸어가던 그의 볼록한 배를 떠올리지 않을 수 없었다. 그는 진정으로 선량하고 명랑한 사제였다.

그는 승진을 했으면서도 조금도 기뻐하지 않았다. 그가 잔느에게 말했다.

"내가 이곳에 온 지도 18년이나 되었어요. 사실 이곳은 형편없는 곳이지요. 마을 소득도 하찮고 모든 게 변변치 않을 뿐이지요. 남자들에게 신앙심이란 건 찾아볼 수도 없고 보시다시피 여자들 행실도 안 좋습니다. 배가 불룩해서 결혼할 수밖에 없게 되었을 때야 성당에 오지요. 그렇더라도 나는 이곳을 좋아 했습니다."

늙은 사제의 말에 젊은 신부는 도저히 못 듣겠다는 듯, 얼굴이 새빨개졌다. 그러더니 불쑥 말했다.

"내가 온 이상, 그런 걸 다 확 바꿔버릴 겁니다."

노사제는 기분이 좋을 때는 늘 그렇게 하듯이 곁눈으로 젊은 사제를 바라보며 말했다.

"이보시오, 당신 말대로 하자면 교구 신자들을 전부 쇠사슬로 묶어버려야 할 거요. 하지만 그래보았자 별 효과도 없을 테고."

그러자 젊은 신부가 그의 말을 탁 끊고 말했다.

"두고보면 알겠지요."

그러자 노사제는 코담배를 들이 마시면서 말했다.

"톨비악 신부, 나이가 들고 경험이 쌓이면 좀 차분해질 거야. 당신 방식으로 하면 결국 마지막 신자들까지 성당에서 쫓아내게 될 뿐이야. 이곳에서는 신자라고 해도 그냥 짐승과 같아. 조심해야 해요. 나는 배가 불룩해진 여자가 설교를 들으러 오면 '이거, 신자 한 명을 또 늘려서 왔구나'라고 생각하지. 그리고 그 여자를 결혼시키려고 애를 쓰지. 이곳 사람들의 행실을 막을 수는 없어요. 그보다는 상대방 사내를 찾아내서 아이 엄마를 버리는 걸 막을 수는 있을 거요. 신부, 그런 후 그들을 결혼시켜요. 다른 건 신경 쓸 게 없어요."

신임 사제는 냉정한 말투로 거칠게 대답했다.

"우리는 서로 생각이 다릅니다. 더 이상 왈가왈부할 필요가 없습니다."

그러자 피코 신부도 더 이상 이야기를 하지 않았다. 그는 사제관에서 내려다보이는 바다, 자주 찾아가 배가 지나가는 것을 바라보며 기도서를 읽곤 했던 골짜기들을 더 이상 보지 못하게 되어서 섭섭하다는 말을 했을 뿐이었다. 피코 신부가 작별의 입맞춤을 해주자 잔느는 울음이 나올 것만 같았다.

1주일 후 톨비악 신부가 다시 성관을 찾아왔다. 그는 왕국을 소유하고 있는 군주라야 가능할 수 있을 개혁에 대해 한바탕 늘어놓았다. 그리고 자작 부인에게 일요일 미사에 절대로 빠지지 말고 행사가 있을 때마다 성체배령을 하라고 당부했다. 그가 이어서 말했다.

"당신과 나는 이 고장 지도자입니다. 우리들은 이곳을 지배해야 하고 남들이 따라야 할 모범이 되어야 합니다. 권위를 갖고 존경을 받기 위해서 우리는 단결해야 합니다. 성당과 성관이 손을 잡는다면 오두막집 사람들은 우리를 두려워하고 복종할 겁니다."

잔느는 여느 여자와 마찬가지로 일종의 꿈꾸는 듯한 감정적 신앙을 지니고 있을 뿐이었다. 그녀는 수도원에서 익힌 습관 때문에 종교적 의무들을 수행했을 뿐이었다. 피코 신부는 그 정도로 만족하고 그녀에게서 그 이상은 욕심내지 않았다. 그런데 신임 사제는 지난 일요일 잔느가 미사에 참석하지 않은 것을 알고 득달같이 달려온 것이었다.

잔느는 신임 사제와 말썽을 일으키고 싶지 않았다. 그래서 몇 주간 열심히 미사에 참석했다. 그러다보니 신임 사제의 열정이 그녀에게 영향을 미쳤다. 모든 여자들의 영혼 속에 들어있는 종교적 정서의 줄을 그가 건드린 것이다. 그의 완고한 엄격성, 속세와 육체적 쾌락에 대한 경멸, 모든 인간적 관심사들에 대한 혐오, 신을 향한 그의 사랑, 삶을 경험하지 않은 데서 오는 젊은 야성, 준엄한 언사, 불굴의 의지 등이 잔느에게 마치 순교자와 같은 인상을 주었다. 이미 인생에서 환멸을 느끼고 있던 잔느는 이 애송이 하늘의 사도의 엄격한 광신(狂信) 속으로 끌려들어갔다.

하지만 젊은 사제는 곧 마을 전체로부터 미움을 받았다. 자기 자신에 대해 더할 나위 없이 준엄한 사제는 남들에게도 자그마한 관용조차 베풀지 않았다. 그중 그가 가장 분격해한 것은 바로 연애였다. 그는 설교 때마다 성직자들의 매서운 언사로 이곳 시골뜨기들에게 색욕이 얼마나 나쁜 것인가에 대해 벼락같은 말들을 퍼부었다. 심지어 그는 그 더러운 환영이 눈앞에 어른거리는 듯 몸을 떨기까지 했다.

젊은이들과 젊은 여자들은 성당 안에서 서로 눈길을 주고받으며 신부를 비웃었고, 늙은 농부들은 집으로 돌아가 마누라 옆에서 저 볼품없이 작은 신부가 속이 좁고 빡빡하다며 비난했다. 게다가 신부가 고해성사에서조차 속죄를 받아들이지 않는다고 사람들은 소곤거렸다.

하지만 신부는 아랑곳하지 않았다. 얼마 지나지 않아 그는 마치 산지기가 밀렵꾼을 뒤쫓듯이 연인들이 서로 만나는 것을 막기 위해 그들을 감시하기 시작했다. 그는 개울가에서, 곳간 뒤에서, 달 밝은 밤 언덕 갈대밭에서 그들을 발견하고 몰아냈다.

한 번은 자기 앞에서도 떨어지지 않는 한 쌍의 남녀를 발견한 적도 있었다. 그들은 허리를 서로 부둥켜안은 채 자갈투성이 골짜기를 걸으며 입을 맞추고 있었다.

신부는 고함을 질렀다.

제10장

145

"그만두지 못해! 이 상스러운 것들!"

그러자 청년이 뒤돌아보며 말했다.

"신부님, 저희에게 참견하지 마세요. 신부님하고는 상관없는 일이잖아요."

그러자 신부는 자갈을 들어 마치 개들에게 던지듯 두 남녀를 향해 던졌다. 둘은 소리 내어 웃으며 도망쳤다.

다음 일요일 미사 때, 모든 신도 앞에서 신부는 두 사람의 이름을 직접 지목했다. 이후 마을의 모든 청년은 성당에 가지 않았다.

사제는 목요일마다 레푀플 성관에서 식사를 했으며 그 외에도 자주 찾아와서 잔느와 이야기를 나누었다. 잔느는 이제 열렬한 신자가 되어 인간의 영혼에 대해서, 종교적인 문제에 대해서 그와 이야기를 나누며 옛날 남작 부인의 산책길을 거닐었다.

쥘리앵은 매일 푸르빌가로 갔다. 그는 이제 하루도 쥘리앵을 보지 않고는 지내기 어려울 정도가 된 백작과 함께 사냥을 했고, 날씨가 어떻든 늘 백작 부인과 함께 말을 탔다.

한편 남작은 11월 중순경 레푀플로 돌아왔다. 그는 갑자기 늙어버린 듯 맥이 없었으며 우울한 표정만 짓고 있었다. 잔느는 새롭게 생긴 자신의 종교적 열정에 대해 아버지에게 이야기하지 않았다. 아버지가 신부를 싫어할 것이 뻔했기 때문이었다. 어느 날 잔느가 용기를 내서 남작에게 새로 온 신부가 어떠냐고 물었더니 남작은 신부를 '종교재판소의 재판관 같은 사람이다. 위험천만인 사람이다'라고 대답했다. 그는 자연숭배자였다. 그는 두 마리의 동물이 붙어 있는 것을 보아도 감동하는 사람이었고, 일종의 범신론적인 신앙을 지닌 사람이었다. 그는 종교적인 엄격성에 대해서는 폭군을 향한 분노와 같은 것을 지닌 사람이었다. 그에게 창조란 이 세상 만물의 싹을 품고 있다가 그 싹을 틔우는 것, 바로 그것이었다. 그런 그에게 생식 행위는 그 자체로 신성한 것이었다.

잔느가 그런 아버지가 슬퍼서 신부를 변호하면 아버지는 한술 더 떴다.

"저런 인간은 때려눕혀야 해. 그게 우리의 권리이며 의무야. 저런 놈은 인간이 아냐. 아무것도 몰라. 전혀 아무것도. 놈은 자연의 이치에서 벗어나 있어."

남작이 나타나자 젊은 신부는 강적이 한 명 나타났다고 생각했다. 하지만 성관과 젊은 부인을 손아귀에 넣고 싶었기에 최후의 승리를 확신하면서 천천히 시기를 기다리고 있었다.

제10장

147

그런데 얼마 안 있어 한 가지 집요한 신념이 신부를 사로잡게 되었다. 그는 우연히 쥘리앵과 지베르트가 사통(私通)하고 있다는 것을 발견하게 된 것이다. 그는 무슨 수를 쓰더라도 두 사람의 관계를 끊어야만 한다고 생각하고 있었다.

어느 날 그는 잔느를 찾아와 오랫동안 종교적 신비에 관한 이야기를 나눈 후, 그녀 집안에 있는 죄악과 싸우고, 위험에 처한 두 영혼을 구하기 위해 그녀가 자기와 협력하기를 요구했다. 잔느는 도무지 무슨 소리인지 알 수가 없어 자세히 말해달라고 신부에게 말했다. 그러자 신부가 대답했다.

"부인, 제가 수행하려는 의무는 정말 쓰라린 의무입니다. 하지만 도리가 없습니다. 부인께서 막아야 할 일을 제가 부인께 말씀드릴 수밖에 없다고, 제 천직이 명령하고 있습니다."

그런 후 그는 잠시 뜸을 들였다. 잔느는 그가 무슨 이야기를 하려는 것인지 짐작할 수 있었다. 평온한 집안에 또다시 무슨 일이 일어나는 것이 두려워 그녀는 짐짓 신부의 말을 못 듣는 척 외면했다. 하지만 신부는 말을 계속했다.

"부인, 단도직입적으로 말씀드리겠습니다. 부인의 남편께서 푸르빌 백작 부인과 정을 통하고 있습니다."

잔느는 한숨을 내쉬며 고개를 숙였다.

그러자 신부가 마치 재촉이라도 하듯 말을 이었다.

"자, 부인. 어떻게 하시겠습니까?"

그녀는 머뭇거리며 말했다.

"신부님, 저보고 어떻게 하라는 말씀이세요?"

"이 죄 많은 정념 사이에 직접 방해물로 뛰어들어야 합니다."

잔느는 울면서 비통한 목소리로 말했다.

"남편은 전에도 저를 배신한 적이 있어요. 제 말 따위는 듣지 않습니다. 저를 사랑하지도 않고 자기 맘에 들지 않는 소리를 하면 저를 괴롭힙니다. 제가 무슨 이야기를 할 수 있겠어요?"

사제가 소리를 질렀다.

"굽히겠다는 말입니까? 단념하겠다는 말입니까? 받아들이겠다는 말입니까? 간음이 당신 집 지붕 아래서 벌어지고 있는데 참아내겠단 말입니까? 눈앞에서 벌어지고 있는 죄를 외면하겠다는 말입니까? 그러고도 당신이 그의 부인입니까? 그러고도 기독교 신자 맞습니까? 한 아이의 어머니 맞습니까?"

그녀는 여전히 흐느끼며 말했다.

"저보고, 저보고, 어떻게 하라고?"

"이 추잡한 짓을 용서하느니 무슨 짓이라도 하십시오. 남편을 떠나세요. 이 더러운 집에서 도망치세요!"

"하지만 저는 돈이 없어요, 신부님. 게다가 제게는 이제 용기도 없어요. 그리고 증거도 없이 어떻게 집을 나간다는 거예요? 제게 그럴 권리도 지금은 없잖아요."

신부는 몸을 떨면서 일어났다.

"정말 비겁한 마음에 온통 기대고 있군요. 그런 분일 줄 몰랐는데! 당신 같은 사람은 하느님의 자비를 받을 자격이 없어요!"

그녀는 무릎을 꿇었다.

"오, 제발 저를 버리지 말아주세요. 제가 어찌 해야 할지 가르쳐주세요."

그가 무뚝뚝한 어조로 잘라 말했다.

"푸르빌 백작의 눈을 뜨게 해주세요. 이 관계를 끊는 일은 그가 해야 할 일입니다."

그 말을 듣고 잔느는 공포에 사로잡혔다.

"그러면 그분이 그들을 죽일 거예요! 신부님, 아아, 밀고의 죄를 지으란 말인가요? 안 돼요! 절대로 그럴 수는 없어요!"

그러자 신부는 분노에 사로잡혀, 마치 그녀를 저주하듯 손을 들어 말했다.

"당신의 치욕과 당신의 범죄 안에 그대로 머물러 있기를! 그대는 그들보다 더 큰 죄를 지었으니! 참으로 너그러운 아내로

다! 이제 더 이상 여기서 내가 할 일은 없소."

그는 자신을 붙잡는 잔느의 손을 뿌리치고 떠나버렸다. 그리고 다시는 성관을 찾지 않았다.

그러는 사이 봄이 왔다. 쥘리앵과 지베르트가 말을 타고 산책하면서 말이 이끄는 대로 여기저기 그늘 밑에서 포옹을 할 수 있는 계절이 온 것이다. 하지만 그들을 가려줄 나뭇잎들은 아직 무성하지 않았고 땅은 축축했다. 또한 한여름처럼 숲속으로 깊숙이 들어갈 수도 없었다. 그래서 그들은 작년 가을부터 보코트 언덕 꼭대기에 버려져 있는 목동들의 이동식 오두막집을 주로 이용했다.

그 자그마한 오두막은 500미터 높이의 절벽 위 바로 급경사가 시작되는 지점에 세워져 있었으며 밑에는 바퀴가 달려 있다. 그곳에서는 들판을 온통 내려다볼 수 있어서 갑자기 들킬 염려가 없었다. 두 마리 말은 기둥에 매인 채, 그들의 사랑이 끝나기를 기다리고 있었다.

그러던 어느 날이었다. 그들이 막 그 은신처를 떠나려는 순간 그들은 언덕 숲속에 몸을 거의 다 숨기고 있는 톨비악 신부의 모습을 발견했다. 그 모습을 보고 쥘리앵이 말했다.

제10장

151

"말을 저 골짜기 안에 매어놓아야겠어요. 사람들이 멀리서도 알아보겠어요."

이후부터 두 사람은 조심하기 위해 잡목이 우거진 숲속에 말을 매놓았다.

어느 날 저녁 둘이서 백작과 함께 식사를 하려고 라 브리에트 성관으로 돌아오고 있을 때, 그들은 성관에서 나오는 톨비악 신부와 마주쳤다. 신부는 길을 비켜주며 두 사람에게 인사를 했지만 둘은 눈길을 피했다. 두 사람은 뭔가 불안했지만 잠시뿐이었다. 불안에 오래 사로잡혀 있기에는 그들은 너무 즐거웠다.

그러던 어느 날 오후였다. 바람이 몹시 부는 5월 초순이었다. 잔느는 난롯가에서 책을 읽고 있었다. 그때 이쪽을 향해 급히 걸어오고 있는 푸르빌 백작의 모습이 눈에 띄었다. 걸음걸이가 심상치 않은 게 무슨 일이라도 생긴 것 같았다. 잔느는 자리에서 일어나 그를 맞으러 나갔다. 그는 집 안에서만 쓰는 큰 모피 모자를 쓰고 사냥 복장을 하고 있었다. 낯이 몹시 창백했고 적갈색 수염이 그 얼굴빛과 대비되어 마치 불꽃이 이는 것 같았다. 눈에는 핏줄이 서 있었고 마치 얼이 빠진 것 같았다.

그가 중얼거리듯 말했다.

"제 처가 여기 와 있지요? 그렇지요?"

잔느는 얼떨결에 대답했다.

"아뇨, 오늘은 통 뵙지 못했습니다."

그러자 백작은 마치 다리가 부러진 듯 그 자리에 털썩 주저 앉아 모자를 벗고 손수건으로 몇 번씩 땀을 훔쳤다. 그러다가 그는 갑자기 벌떡 일어나더니 잔느에게 다가갔다. 두 팔을 벌리고 입을 벌린 채 그녀에게 그 무언가 무서운 고뇌를 털어놓으려는 것 같았다. 그러나 그는 그 자리에 멈춰서더니 마치 정신이 나간 것처럼 몇 마디 했다.

"하지만 당신 남편이…… 당신도 마찬가지로……."

그러더니 그는 바다 쪽을 향해 뛰쳐나갔다.

잔느도 뛰어 나가면서 그의 이름을 부르며 제발 멈춰달라고 애원했다. 공포로 가슴이 조여왔다. 그녀는 자신도 모르게 중얼거렸다.

'저분이 다 아신 거야. 어떻게 하실 작정일까? 아아! 그들이 발각되지 않았으면!'

하지만 그녀가 그를 따라잡을 수는 없었다. 백작은 오른쪽으로 방향을 틀어 달리기 시작했다. 거친 바다에는 높은 파도가 일고 있었다. 시커먼 큰 구름이 연달아 밀려오더니 소나기가 맹렬히 퍼붓기 시작했다. 바람이 신음 소리를 내며 쌩쌩 불어와 풀들을 눕혔고, 어린 이삭들을 쓸어갔으며 흰 갈매기들을 바다 멀리까지 실어갔다.

소나기가 백작의 얼굴을 때리고 있었고 수염에서 물방울이 떨어졌다. 그의 앞 저 멀리에 보코트 골짜기가 깊은 입을 벌리고 있었다. 양은 한 마리도 들어 있지 않은 이동식 울타리 곁에 역시 이동식인 목동의 오두막집이 하나 있을 뿐 아무것도 없었다. 그 오두막집 나무 기둥에 두 마리 말이 보란 듯이 매여 있었다. 이처럼 험악한 날씨에 두려울 게 뭐가 있으랴!

말을 보자 백작은 곧바로 땅에 착 엎드렸다. 그리고 낮은 포복을 시작했다. 진흙투성이 큰 몸집에 짐승 모피 모자를 쓴 백작의 모습은 마치 무시무시한 괴물 같았다. 백작은 손에 쥐고 있던 단도로 말을 매고 있던 고삐를 끊었다. 그러자 몰아치는 돌풍과 우박으로 겁에 질려 있던 말들은 그대로 달아나버렸다. 백작은 무릎으로 일어서서 눈을 문 아래 착 붙이고 안을 들여다보았다.

그는 한동안 꼼짝도 하지 않았다. 마치 그 무언가를 기다리는 것 같았다. 꽤 긴 시간이 흘러갔다. 그러다 그는 무슨 결정이라도 내린 듯 갑자기 몸을 일으켰다. 머리부터 발끝까지 온통 진흙투성이였다.

그는 밖에서 걸게 되어 있는 빗장을 힘껏 밀어 문을 잠근 후 마치 개집 같은 그 오두막을 부셔버리기라고 하려는 듯 무섭게 흔들기 시작했다. 그러고는 젖 먹던 힘까지 발휘해서 숨을 헐떡거리며, 그들이 안에 갇혀 있는 그 바퀴 달린 집을 급경사면까지 끌고 갔다.

안에 있던 두 사람은 도무지 영문을 몰라 주먹으로 널빤지를 두드리며 소리를 질렀다. 경사면 꼭대기에 이르자 백작은 이 가벼운 집을 그대로 놓아버렸고, 오두막집은 경사면을 따라 굴러가기 시작했다. 내려갈수록 속도가 빨라졌으며 마치 짐승이 굴러 떨어지듯, 이리저리 튀어 오르고 부딪치며 아래쪽으로 굴러 떨어졌다.

비탈 중간쯤에 있는 웅덩이 속에서 비를 피하고 있던 늙은 거지 한 명이 자기 머리 위로 궤짝 같은 집이 굴러 떨어지는 것을 보았고, 그 안에서 나오는 무서운 비명 소리를 들었다. 그 집은 저 아래 골짜기에 이르자 그대로 튀어 올라 곡선을 그리며 한 바퀴 돌더니 그대로 밑바닥에 부딪쳐 마치 달걀처럼 산산조각 나버렸다.

오두막집이 무서운 속도로 머리 위를 지나가 바닥에서 산산

조각 난 것을 본 늙은 거지가 가시덤불을 헤치며 종종걸음으로 내려갔다. 그는 산산조각 난 궤짝 가까이 갈 용기가 나지 않아 근처 농가로 달려가 이 사실을 알렸다. 사람들이 달려와 파편을 들어올렸다. 두 개의 시체가 나왔다. 온통 터지고 찌부러지고 피투성이였다. 남자는 이마가 깨진 채 얼굴 전체가 일그러져 있었고 여자의 턱은 충격에 떨어져 나와 덜렁거리고 있었다. 그리고 그들의 부러진 팔다리는 마치 그 안에 뼈가 없는 듯 흐늘흐늘했다. 그들이 누구인지는 식별할 수 있었다.

사람들은 설왕설래 끝에 맹렬한 바람에 오두막집이 굴러 떨어진 게 틀림없다고 결론지었다. 그들은 수레를 준비해 시체를 성관으로 운반하기로 결정했다.

한편 백작은 오두막집이 험한 경사면으로 굴러 떨어지는 것을 보자마자 정신없이 말을 달려 도망쳤다. 그는 한참 동안 노르망디 들판을 달린 끝에 어떻게 왔는지도 모르게 해질 무렵에 집에 도착했다. 그가 돌아오기를 기다리고 있던 하인들은 방금 두 필의 말이 주인 없이 돌아왔다고 그에게 말했다. 푸르빌 백작은 하인들에게 말했다.

"이렇게 험한 날씨에 무슨 변이라도 생겼는지 모르겠다. 어서들 나가서 찾아봐라."

그런 후 그도 밖으로 나가 덤불 속에 몸을 숨겼다. 그는 자기가 아직도 야생적으로 사랑하고 있는 아내가 죽어서 올지, 빈사 상태로 돌아올지, 아니면 영원한 불구의 몸으로 돌아올지 직접 확인하기가 겁이 났다. 그러자 얼마 안 있어 한 대의 마차가 그가 숨어 있는 곳을 지나 성관 안으로 들어갔다. 그는 한참을 더 그곳에 숨어 있다 나와 성관을 향해 천천히 발걸음을 옮겼다. 도중에 만난 정원사에게 무슨 일인가 물었다.

"마님이, 마님이⋯⋯."

"마님이 왜?"

"그만 돌아가셨습니다."

"죽었다고?"

"네, 백작 나리."

그는 안도의 한숨을 내쉬었다. 만일 그녀가 살아 있었다면 어떻게 그녀의 얼굴을 대할지 겁이 났었던 것이다.

그 순간 레푀플에도 마차가 한 대 도착했다. 잔느는 멀리서도 매트리스 위에 무언가 놓여 있는 것을 보고 단번에 모든 것을 짐작할 수 있었다. 너무도 심한 충격에 그녀는 그 자리에서 정신을 잃고 쓰러졌다.

제10장

제11장

잔느는 3개월 동안이나 자기 방에 틀어박혀 있었다. 하도 허약해지고 창백해져서 그녀가 이제 가망이 없다고 생각하는 사람들도 있었다.

하지만 시간이 흐르자 그녀는 차츰차츰 생기를 되찾았다. 리종 이모와 남작이 레푀플을 떠나지 않고 함께 살기로 했다. 잔느는 쥘리앵의 죽음에 대해서는 아무것도 자세히 알려하지 않았다. 그런들 무슨 소용 있겠는가? 이미 충분히 다 알고 있지 않은가?

모든 사람들이 사고라고 생각하고 있었지만 그녀는 사정을 다 알고 있었다. 하지만 그녀는 그 비밀을 가슴속에 감춘 채 혼자 고통스러워했다. 그녀는 간통 사실을 이미 알고 있었다. 게다가 바로 그 사건이 있던 날, 돌연한 백작의 무서운 방문.

잔느는 자식에게 몸과 마음을 다 바쳤다. 어린애는 자기 주변의 세 사람의 우상이며 관심의 전부가 되었다. 폴은 세 사람에게 폭군으로 군림했다. 그가 소유하고 있는 세 사람의 노예들 사이에 질투심이 생길 정도였다. 남작이 폴을 무릎에 앉히고 말타기 놀이를 한 후, 폴이 남작에게 키스를 해주면 잔느는 시기 어린 눈빛으로 그것을 바라보았다. 누구에게나 푸대접을 받는 리종 이모는 폴에게서도 예외가 아니었다. 그녀는 그 아이에게서 하녀 같은 대접을 받고는, 폴이 자신에게 마지못해 해주는 입맞춤을 그가 엄마나 할아버지에게 해주는 입맞춤과 비교하며 자기 방에서 서럽게 울기도 했다.

그렇게 비교적 평화로운 가운데 2년이 흘러갔다. 어머니는 아이가 너무 귀여워서 풀레(병아리)라고 불렀고, 그 이름은 그대로 아이의 별명이 되었다. 어린애는 너무 빨리 자랐기 때문에 남작이 '세 명이 어머니'라고 부른 세 사람이 공통으로 재미를 느끼는 일이 하나 있었다. 바로 아이의 키를 재는 일이었다. 응접실 문과 맞닿은 벽에는 아이의 키를 나타내는 줄이 여럿 그어져 있었다.

한편 남작이 톨비악 신부를 너무 증오하고 저주하는 바람에 리종 이모를 제외한 가족 모두 더 이상 성당에 가지 않았고, 신부는 신부대로 레뵈폴 성관에 대해 '악의 정령' '타락과 불순함의 정령'이 사는 곳이라며 공공연히 저주했다. 톨비악 신부에게 남작은 악의 화신 바로 그것이었다.

아이가 열 살이 넘자 남작이 아이를 직접 가르쳤다. 남작은 아이에게 성체배령도 시키지 않았다. 물론 그러려고 해도 톨비악 신부가 받아들이지 않았을 것이다. 하지만 아이는 공부에 열심이 아니었고, 더욱이 아이의 어머니가 수시로 공부방에 드나들며 "아이를 너무 고단하게 하지 마세요"라든지 "얘야, 발이 시리지 않니?" "머리가 아프지 않니?"라고 하거나, 남작에게 "그렇게 너무 말을 많이 하게 하지 마세요. 애 목에 나빠요"라고 참견하는 바람에 수업이 시도 때도 없이 중단되곤 했다.

아이는 그렇게 여전히 마음은 어린아이인 채로 열다섯 살이 되었다. 아이는 자신에게 절절 매는 두 여자와 시대에 뒤떨어진 상냥한 노인 사이에서 자랐기에 지능 발달도 되지 않았고 무식하고 멍청했다.

그러던 어느 날 남작이 중학교 이야기를 꺼냈다. 잔느는 울었고 리종 이모는 영문도 모르고 가만히 있었다. 아이 어머니가 아이 할아버지에게 말했다.

"그렇게 유식해질 필요가 어디 있어요? 저 애를 들판에 사는 사람으로, 시골에 사는 귀족으로 만들어주면 되잖아요? 많은 귀족들이 그렇듯이 땅을 경작하면 되잖아요? 우리가 죽 살아왔고 죽어갈 이 집에 살면서 행복하게 나이를 먹어가면 되잖아요? 그 이상 뭘 더 바라겠어요?"

그러자 남작이 고개를 흔들었다.

"애야, 저 애가 스물다섯 살이 되어서 네게 이렇게 말하면 너 뭐라고 대답하겠니? '나는 별 볼 일 없는 사람이에요. 어머니 잘못으로 나는 아는 게 아무것도 없어요. 다 어머니 이기심 때문이에요. 나는 일할 줄도 모르고 대단한 인물이 될 수도 없어요. 나는 이렇게 암담하고 별 볼 일 없게 살려고 태어난 게 아니에요. 어머니의 맹목적 애정이 나를 이렇게 만든 거예요'라고 말하면 할 말이 있겠니?"

그러나 잔느는 물러서지 않았다. 그녀는 아들에게 애원했다.

"애, 풀레야, 내가 너를 너무 사랑했다고 나를 원망하지 않을 거지? 그렇지?"

나이만 먹은 어린애는 큰 소리로 대답했다.

"네, 엄마."

"맹세할 수 있지?"

"네, 엄마."

"여기 있을 거지? 그렇지?"

"네, 엄마."

그러자 남작이 큰 목소리로 단호하게 말했다.

"잔느, 네게 이 애의 삶을 네 멋대로 좌지우지할 권리는 없다. 네가 하려는 짓은 비겁한 짓이고 죄를 저지르는 짓이기도 하다. 너는 너만의 행복을 위하여 네 아이를 희생시키려 하고 있는 거다."

잔느는 두 손으로 얼굴을 가린 채 흐느끼며 중얼거렸다.

"그렇지만 저는 불행했었잖아요, 너무나……. 이제 이 애하고 조용히 지낼 만하니까 빼앗아가버리네요……. 저는 이제 어떻게 되나요? 혼자서…… 이제 저는……."

그녀의 아버지가 자리에서 일어나더니 그녀 곁으로 와서 두 팔로 안았다.

"그렇다면 나는, 얘야?"

그러자 잔느가 아버지의 목을 껴안으며 말했다.

"아버지, 제가 잘못했어요……. 아버지 말씀이 옳아요. 제가 어리석었어요……. 너무 가슴이 아파서 그만…… 저 애를 중학교에 보내겠어요."

남작은 신학기가 시작되면 폴을 르아브르에 있는 중학교에 보내기로 결정했다.

10월 어느 날 아침, 두 여자와 남작은 폴과 함께 마차에 올랐다. 잔느는 밤새 한숨도 잠을 이루지 못했다. 학교에 이르자 많은 아이들이 가족들이나 하인들에 이끌려 사방에서 몰려들고 있었다. 우는 아이들이 많았다. 희미하게 밝혀진 넓은 교정에 훌쩍거리는 울음소리가 들리고 있었다.

잔느와 폴레는 오랫동안 부둥켜안고 있었다. 리종 이모는 손수건으로 얼굴을 가린 채 뒤에 서 있었지만 아무도 그녀를 신경 쓰지 않았다. 그러자 자신도 슬픔에 전염된 남작이 딸을 손자에게서 떼어냈다. 마차는 학교 문 앞에서 기다리고 있었다. 세 사람은 마차에 올라타고 밤길을 달려 레푀플로 돌아왔다. 잔느는 다음 날 저녁때까지 울음을 그치지 않았다. 그리고 그 다음 날 그녀는 마차에 몸을 싣고 르아브르로 향했다.

잔느는 이틀에 한 번씩 르아브르에 다녀왔으며 일요일에는 어김없이 면회를 가서 아들과 함께 외출했다. 폴레가 수업을 받을 동안에는 그가 다시 나올 때까지 학교를 떠나지 못하고 면회실 의자에 앉아 기다렸다.

제11장

163

사태를 알게 된 교장이 그녀를 불러서 경고했다.

"당신 때문에 폴이 쉬는 시간에 놀지도 못합니다. 게다가 어린 애를 산만하게 해서 공부에도 방해가 됩니다. 계속 이런 식으로 하시면 부득이 아들을 댁으로 되돌려 보낼 수밖에 없습니다."

교장은 거기서 그치지 않고 남작에게도 통보를 했다. 그래서 잔느는 마치 죄수처럼 레푀플에서도 감시를 받았다. 그녀는 하는 수 없이 일요일이 오기만 기다릴 수밖에 없었다. 일요일에 아들을 만날 때마다 그녀는 마치 10년이 지난 것만 같았다. 그렇게 자식은 다달이 어른이 되어갔고 잔느는 노파가 되어갔다. 잔느의 아버지는 마치 오빠처럼 보였고, 스물다섯 살 되던 해부터 거의 변화가 없던 리종 이모는 마치 언니 같았다.

풀레는 공부를 전혀 열심히 하지 않았다. 1학년 때 유급을 했으며 2학년은 그럭저럭 넘겼지만 3학년도 두 해를 다녀야만 했다. 그리고 스무 살이 되어서야 겨우 졸업반인 수사 학급에 진급할 수 있었다.

그는 금발에 키가 큰 청년이 되어 벌써 구레나룻과 턱수염이 덥수룩해졌다. 이제 어머니가 면회를 가는 대신 일요일마다 그가 레푀플로 왔다. 오래전부터 승마 연습을 했기에 말을 빌려 타고 두 시간을 달려왔다. 일요일이면 잔느는 리종 이모와 남작과 함께 아들을 마중 나갔다.

폴은 이제 어머니보다 목 하나만큼 키가 컸다. 하지만 잔느에게는 여전히 어린애였다. 그녀는 그에게 끊임없이 "발이 시리지 않느냐?" "꼭 모자를 쓰고 산책해야 한단다. 안 그러면 감기 걸려"라고 애잔한 목소리로 말했다. 그가 돌아갈 때면 "애, 풀레야, 너무 빨리 말을 달리면 안 된다. 조심해야 해. 이 어미 생각을 좀 해주럼. 네게 무슨 일이 생기면 이 어미가 얼마나 절망하겠니?"라고 애원하듯 말하곤 했다.

그러던 어느 날 아침이었다. 초라한 행색의 노인 한 명이 성관으로 찾아와 독일식 억양의 프랑스어로 장황하게 인사말을 늘어놓더니 주머니에서 지갑을 꺼내며 말했다.

"자작 부인, 여기 부인께 보여드릴 증서가 한 장 있습니다."

그는 지갑에서 손때 묻은 종잇조각을 꺼내더니 잔느에게 내밀었다. 잔느는 증서를 읽고 또 읽었지만 무슨 뜻인지 알 수가 없어 그 유대인 노인에게 물었다.

"이게 무슨 뜻이지요?"

노인은 아첨하는 말투로 설명했다.

"말씀드리겠습니다. 댁의 아드님이 돈이 좀 필요하다고 해서, 당신이 참 좋은 어머니신 걸 제가 알고 있삽기에 얼마 되지 않는 돈을 빌려드렸습니다."

그녀는 몸을 떨었다.

"아니, 그 애가 왜 내게 직접 말하지 않은 거지?"

그러자 유대인이 길게 설명했다.

그 돈은 이튿날 갚아야 하는 노름빚이며, 아드님이 미성년자라서 아무도 돈을 빌려주지 않았고, 만일 자신이 이런 '약소한 친절'을 베풀지 않았다면 '아드님의 명예는 아주 위태로운 지경'에 빠졌을 것이라는 설명이었다.

잔느는 아버지를 부르려고 했으나 너무 충격을 받아 꼼짝도 할 수 없었다. 그녀는 노인에게 대신 초인종을 눌러달라고 했고 그가 초인종을 누르자 남작이 나타났다.

남작은 들어오자마자 곧 사태를 깨달았다. 증서의 금액은 1,500프랑이었다. 남작은 1,000프랑을 지불하고 사내에게 넌지시 말했다.

"두 번 다시 이곳에 오지 마시오."

그는 감사하다고 말한 후 사라졌다.

남작과 잔느는 즉시 르아브르를 향해 출발했다. 그런데 학교에 가보니 폴이 한 달 전부터 학교에 나오지 않는다는 사실을 알게 되었다. 교장은 잔느의 서명이 들어 있는 네 통의 편지를 폴의 할아버지와 어머니에게 내밀었다. 아들이 아파서 학교에 보내지 못했다는 내용이었고 편지마다 의사의 진단서가 들어 있었다. 물론 가짜였다. 두 사람은 하도 어이가 없어서 마주 쳐다보며 아무 말도 못했다. 교장은 둘을 위로하며 경찰서로 안내했다. 그날 두 사람은 호텔에서 잠을 잤다.

이튿날 그들은 경찰의 도움으로 어느 창부의 집에 있던 폴을 발견했다. 그의 할아버지와 어머니는 긴 여행 내내 한 마디 말도 없이 그를 레푀플로 데리고 왔다. 잔느는 오는 도중 내내 손수건으로 얼굴을 가리고 눈물을 흘렸다. 폴은 태연한 낯빛으로 밖을 내다보고만 있었다.

곧 폴이 1만 5,000프랑의 빚을 지고 있다는 사실이 드러났다. 채권자들은 그가 곧 성인이 된다는 사실을 알고 있었기에 얼굴을 드러내지 않고 있었다.

남작과 부인은 그 애에게 아무런 설명도 요구하지 않았다. 애정으로 아이의 마음을 다잡는 게 나을 것이라 생각했던 것이다. 좋은 음식을 해주고, 귀여워해주고, 비위를 맞추어주었다. 그리고 이포르에 가서 뱃놀이를 하도록 보트를 내주었다.

그러던 어느 날, 배를 타고 나갔던 폴이 돌아오지 않았다. 사공들에게 물어보니 그를 르아브르까지 데려다주었다는 것이었

제11장

167

다. 남작과 잔느는 곧바로 르아브르로 달려갔다. 하지만 경찰도 그의 행방을 전혀 찾을 수 없었다. 그들은 별 소득 없이 레퓌플로 돌아올 수밖에 없었다.

레퓌플에 있는 폴의 방에서 두 통의 편지가 나왔다. 전에 폴과 함께 있던 창부가 보낸 편지였다. 아마 폴에게 미친 듯 푹 빠져 있는 것 같았다. 필요한 돈이 마련되었으니 함께 영국으로 가자는 내용이었다.

성관의 세 사람은 정신적 고뇌에 빠져 말없이 생지옥 같은 생활을 했다. 이미 희끗희끗하던 잔느의 머리칼은 백발이 되어 버렸다. 그녀는 왜 자신의 운명이 이토록 가혹한지 의아해했다.

그러던 어느 날 아들에게서 편지가 한 통 날아왔다.

사랑하는 어머니, 너무 염려하지 마세요. 저는 런던에서 건강하게 잘 지내고 있습니다. 하지만 돈이 좀 필요해요. 이제 동전 한 푼 없어서 매일 제대로 먹지도 못하고 있습니다. 저와 함께 있는 여자, 제가 진심으로 사랑하는 여자는 저와 헤어지기 싫어서 자기가 가지고 있는 돈을 다 써버렸습니다. 모두 5,000프랑입니다. 제 명예를 위해서도 그 돈을 갚아줘야 한다는 것을 이해하시겠지요? 저도 머지않아 성년이 될 테니 아버지의 유산 중에서 1만 5,000프랑만 미리 내주실 수 없으신지요? 그래야 제가 곤경에서 벗어날 수 있을 것 같습니다.

어머니, 안녕히 계세요. 마음으로 어머니께 입맞춤을 보내드립니다. 할아버지와 리종 할머니께도 안부 전해주세요.

곧 다시 만나 뵙기를 빌며,

어머니의 아들 폴 드라마르 자작 올림

잔느는 폴이 돈을 요구한 사실은 묻어둔 채 그가 편지를 보냈다는 사실에 감격해했다.

'그래, 그 애가 나를 완전히 잊은 건 아니야. 지금 한 푼도 없다니! 어서 돈을 보내줘야지. 그깟 돈이 무슨 대수야.'

그녀는 아버지, 이모와 상의해서 아들이 일러준 주소로 1만 5,000프랑을 보냈다. 그후 5개월 동안은 아무 소식이 없었다.

얼마 후 쥘리앵이 남긴 유산 세목을 정리하기 위해 공증인이 왔다. 남작과 잔느는 아무런 이견 없이 계산을 분명히 했다. 잔느는 자기 앞으로 오게 되어 있는 재산 이용권도 포기했다. 얼마 후 파리로 돌아온 폴은 12만 프랑을 받았다. 돈을 받은 후 폴은 모두 네 통의 편지를 보냈다. 그냥 안부만 전하는 형식적인 편지였다. 이후 한참 동안 소식이 없던 폴에게서 편지가 한 통 날아왔다. 세 사람의 얼을 빼버릴 내용이었다.

어머니, 저는 파산했습니다. 어머니가 저를 도와주시러 오시지 않는다면 권총으로 자살하는 수밖에 없습니다. 틀림없이 성공하리라고 믿었던 사업이 실패하고 말았습니다. 그래서 8만 5,000프랑의 빚을 지게 되었습니다. 그 빚을 갚지 않으면 제 명예가 날아가버리는 것은 물론이고 파멸에 빠질 수밖에 없습니다. 앞으로 저는 아무것도 할 수 없게 될 것입니다. 다시 말씀드리지만 이렇게 치욕스러운 삶을 사느니 자살해버리는 게 나을 것입니다. 저의 수호신인 그녀의 격려가 없었다면 아마 벌써 실행했을지도 모릅니다.

사랑하는 어머니, 진심으로 애정 어린 키스를 보내드립니다. 아마 마지막이 될지도 모릅니다. 안녕히 계십시오.

폴 올림

편지와 함께 동봉한 서류에 어떤 사업을 하다 실패를 했는지 상세히 적혀 있었다. 할아버지는 즉시 방도를 마련해보겠다고 답장을 한 후, 토지를 저당 잡혀 돈을 보냈다. 폴은 열렬한 감사의 편지를 세 통 보냈으며 그리운 식구들을 만나러 곧 레뢰플로 가겠다고 썼다. 그러나 그는 1년이 지나도록 레뢰플로 오기는커녕 편지조차 보내지 않았다.

남작과 잔느는 폴을 만나기 위한 최후의 방법으로 파리에 가서 그를 찾아보기로 마음먹었다. 그런데 그들이 파리로 출발하기 직전 폴에게서 한 통의 편지가 왔다. 그는 다시 런던에 와 있으며 '폴 드라마르'라는 주식회사를 설립했다는 내용이었다. 그는 자신이 곧 거부가 될 것이며, 사회적으로 유명한 사업가가 될 것이라고 큰소리를 치고 있었다.

하지만 회사는 3개월 만에 파산하고 지배인은 경리 부정으로 기소되었다. 잔느는 신경 발작으로 자리에 드러누워버렸고 남작이 르아브르를 향해 출발했다. 남작이 변호사, 공증인, 집달리 들을 만나서 확인한 결과 드라마르 주식회사의 결손은 모두 23만 5,000프랑에 달했다. 남작은 레뢰플의 성관과 두 농장을 저당 잡혀 돈을 마련했다. 이제 성관과 농장들은 막대한 금액을 저당 잡힌 신세가 된 것이다.

연로한 남작에게 그 모든 일은 치명적이었다. 남작은 공증인 사무실에서 저당의 마지막 수속을 밟던 도중 별안간 졸도해서 마룻바닥에 쓰러졌다. 그리고 다시는 일어나지 못했다. 남작의 유해는 톨비악 신부의 반대로 성당에 들어가지도 못하고 일체의 종교의식도 거행하지 못한 채 그대로 묘지에 매장되었다. 잔느는 슬프다기보다는 아예 마비 상태였다.

폴은 회사 파산 청산인으로부터 이 소식을 듣고 자신이 영국에 있을 때 그 소식을 들었기에 레푀플로 올 수 없었다는 편지를 보내왔다. 완전히 허탈 상태에 빠진 잔느는 도무지 자신에게 무슨 일이 벌어지는지 이해할 수조차 없는 지경이었다. 그리고 그 겨울이 다 갈 무렵, 리종 이모도 폐렴에 걸려 조용히 세상을 떴다. 그녀 나이 예순여덟이었다. 그녀는 숨을 거두면서 잔느에게 조용히 말했다.

"불쌍한 잔느, 하느님께서 네게 자비를 내리시도록 내가 부탁드릴 거야."

이모를 묻는 날 잔느는 자기도 죽고 싶다, 더 이상 고생도 하지 않고, 더 이상 아무것도 생각하고 싶지 않다며 그 자리에 무너지듯 주저앉았다. 그때였다. 건장하게 생긴 아낙네가 그녀를 들어 올리더니 마치 어린애를 다루듯 그녀를 집으로 데리고 갔다.

성관으로 돌아온 잔느는 이모의 머리맡에서 닷새 밤낮을 지냈기 때문에 거의 기진맥진해서, 다정하게 자기를 대해주는 이 낯선 여자가 이끄는 대로 순순히 침대에 누웠다. 그리고 그대로 잠에 빠져들었다.

잔느는 한밤중에 눈을 떴다. 등잔불이 벽난로 위에 켜져 있었고 그 여자가 안락의자에 앉아 졸고 있었다. 저 여자는 도대체 누구일까? 전혀 모르는 여자였다. 잔느는 여자의 얼굴을 자세히 보려고 침대 밖으로 몸을 내밀었다. 그러자 어디선가 본 것 같은 얼굴이라는 생각이 들었다. 언제 보았지? 어디서? 여자는 고개를 어깨 위로 기울인 채 평온하게 잠들어 있었다. 40세나 45세쯤 되어 보였다. 피부는 햇볕에 그을렸고, 아주 튼튼해 보였다. 큼직한 두 손이 의자 양쪽으로 축 늘어져 있었다.

분명이 본 적이 있는 얼굴이야! 옛날일까, 최근일까? 잔느는 그녀의 얼굴을 자세히 보려고 자리에서 일어나 살금살금 걸어갔다. 묘지에서 자기를 안아 일으킨 여자, 자기를 이 침상에 눕혀준 바로 그 여자였다.

'어디선가 만난 적이 있던 여자일까? 아니면 내 정신이 몽롱해서 그냥 만났던 것처럼 생각되는 걸까? 어쨌든 이 여자가 왜 내 방까지 와서 앉아 있는 것일까?'

제11장

173

그때 여자가 눈을 뜨더니 잔느를 알아보고 벌떡 의자에서 일어났다. 두 사람은 가슴이 서로 맞닿을 정도로 가까이 있었다. 낯선 여자가 투덜거렸다.

"아니, 왜 일어나신 거예요! 그러다가 감기 걸리겠어요. 자, 다시 가서 누우세요!"

잔느가 물었다.

"누구시죠?"

그러나 여자는 대답 없이 잔느를 안고는 남자 같은 힘으로 그녀를 다시 침대로 데려갔다. 그리고 그녀를 이불로 꼭꼭 덮어주고는 눈물을 흘리며 그녀의 뺨이며, 머리며, 눈이며 가릴 것 없이 키스를 퍼부었다.

"불쌍한 마님, 잔느 아가씨! 오, 가엾어라! 그래, 나를 못 알아보시겠어요?"

그러자 잔느가 외쳤다.

"오, 로잘리!"

잔느는 그녀의 목을 두 팔로 감고 입을 맞추었다. 둘은 서로 꼭 껴안은 채 팔을 풀지 못하고 하염없이 울었다.

로잘리가 먼저 진정했다.

"자, 정신 차리세요. 감기 들면 안 돼요."

그러면서 그녀는 이불을 끌어당겨 잔느를 덮어주고 베개를 머리 밑에 바로 대주었다. 잔느는 여전히 흐느껴 울며 겨우 입을 떼었다.

"로잘리, 어떻게 오게 된 거야?"

로잘리가 대답했다.

"아니, 마님을 이렇게 혼자 내버려둘 수 있어요?"

두 사람은 한참 동안 서로의 얼굴만 쳐다보고 있었다. 이윽고 잔느가 옛 하녀에게 손을 내밀며 중얼거렸다.

"너라고는 정말 꿈에도 생각 못했어. 너도 많이 변했네. 하지만 나처럼 늙지는 않았어."

로잘리는 자신이 떠날 때는 그토록 아름답고 싱싱했건만 이제 비쩍 마른 채 백발이 다 된 부인을 바라보며 말했다.

"잔느 마님, 정말 많이 변하셨어요. 너무 엄청나게……. 하지만 우리가 본 지 24년이나 되었으니……."

두 사람은 다시 입을 다물고 생각에 잠겼다. 잔느가 다시 물었다.

"그래, 너는 행복했었니?"

"글쎄요……. 네, 그럭저럭…… 그다지 불평할 만한 것도 없고……. 마님보다는 확실히…… 그래요, 행복했지요……. 언제나 가슴에 맺혀 있던 게 있다면 이 댁에 함께 못 있게 된 거였어요."

"그런데 네 아들은 어떻게 됐니? 애가 마음에 들어?"

"네, 좋은 아이에요. 일도 아주 잘 하고요. 반년 전에 결혼했어요. 제 대신 농장 일을 맡아 하고 있지요. 제가 여기 와 있을 거니까요."

잔느는 감동해서 떨리는 목소리로 중얼거렸다.

"너도 과부가 된 거야? 그러면 여기를 떠나지 않을 거야?"

"물론이지요, 마님. 뒤처리도 다 해놓고 왔어요."

잔느는 잠시 말없이 두 사람의 생애를 비교해보았다. 그리고 로잘리에게 물었다.

"네 남편은 네게 어땠니?"

"좋은 사람이었어요. 건달이 아니었어요. 재산도 모을 줄 알았고요. 폐병으로 죽었어요."

그런 후 로잘리는 자기가 어떻게 살아왔는지, 남을 부려본 농장 주인의 말투로 길게 이야기했다. 그런 후 그녀가 덧붙였다.

"그게 다 마님 덕분이지요. 여기서 일한다고 임금을 주실 필요 없어요. 아무렴요! 안 받을 거예요. 돈을 받을 거면 차라리 그냥 가버릴 거예요!"

"하지만 아무것도 받지 않고 어떻게? 그냥 나를 돌봐주겠다는 거야?"

"물론이에요. 저도 마님만큼의 돈은 있어요. 마님, 이것저것 저당 잡히고 빌린 돈에 이자까지 제하고 나면 마님 재산이 얼마나 남았는지 아세요? 내 말을 못 믿으시겠지만 1년에 1만 프랑도 안 들어온답니다. 1만 프랑이오! 아시겠어요? 내가 곧 다 계산해서 보여드릴게요."

잔느는 그냥 희미하게 웃음을 띨 뿐이었다. 그러자 로잘리가 흥분해서 외쳤다.

"마님, 웃을 일이 아니에요. 돈 없이는 사람 구실을 못 하는 법이에요."

"아아, 나는 정말 운이 나빴던 거야. 만사가 내게는 나쁘게만 돌아갔어. 숙명이란 놈이 내 삶에 악착같이 매달려 있었던 거야."

하지만 로잘리가 고개를 가로저으며 말했다.

"마님, 그런 말 마세요. 마님은 결혼을 잘못한 거고, 그게 전부예요. 상대방을 모르고 결혼을 했다고 해서 다 그렇게 되는 것도 아니랍니다."

두 나이 든 친구는 그렇게 해가 떠오를 때까지 이야기를 나누었다.

제11장

제12장

로잘리는 1주일 만에 성관의 모든 일과 사람들을 자기 손에 장악했다. 잔느는 체념하고 그녀에게 수동적으로 복종했다. 몸이 쇠약해질 대로 쇠약해진 그녀는 이전에 어머니가 그랬듯이 하녀의 팔에 매달려 밖으로 나갔다. 로잘리는 그녀를 천천히 산책시키면서 마치 병든 어린아이 취급하듯 단호하면서도 상냥한 어조로 설교도 하고 격려도 해주었다. 그러는 한편 로잘리는, 잔느가 아들 일이 부끄러워 숨기고 있던 저당과 이자 관계 서류를 내달라고 했다. 서류를 받은 로잘리는 매일 페캉으로 가서 그녀가 알고 있는 공증인과 함께 사태를 논의했다.

그러던 어느 날 저녁, 로잘리는 여주인을 침대에 눕힌 후 머리맡에 앉더니 갑자기 이야기를 꺼냈다.

"자, 이제 찬찬히 이야기를 좀 하기로 해요."

그녀는 잔느에게 상황을 설명했다. 모든 것을 다 정리하고 나면 연 수입이 약 7,000프랑이나 8,000프랑밖에 되지 않을 것이며 그 외에는 아무것도 없다는 것이었다. 그러자 잔느가 말했다.

"그래서 어떻게 하자는 거야? 나는 내가 오래 살지 못할 것 같아. 그 정도면 충분하잖아?"

그러자 로잘리가 화를 냈다.

"마님 생각만 하면 그렇지요. 하지만 폴 도련님에게는 아무것도 안 남겨주실 작정인가요?"

그러자 잔느는 몸서리를 쳤다.

"제발 그 애 이야기는 하지 말아줘. 그 애 생각만 하면 괴로워서 미치겠어."

"그럴 수는 없어요. 저는 도련님 이야기를 해야만 하겠어요. 마님은 그럴 용기가 없으니까요. 도련님이 바보 같은 짓을 한 건 사실이에요. 하지만 언제까지나 그럴 리는 없어요. 앞으로는 결혼도 해야 하고 아이들도 갖게 되겠지요. 애들을 키우려면 돈이 필요해요. 자, 마님, 잘 들으세요. 레푀플을 팔아야 해요."

잔느는 자리에서 벌떡 일어났다.

제12장

179

"레푀플을 팔다니! 무슨 소리를 하는 거야! 안 돼! 절대로 팔 수 없어!"

하지만 로잘리는 조금도 흔들리지 않았다.

"팔아야만 해요. 어쩔 수 없어요."

그런 후 그녀는 잔느에게 현재 상황과 자신의 계획을 차근차근 설명해주었다. 우선 레푀플과 거기 딸린 두 개의 농장을 판다, 살 사람은 이미 다 알아놓았다, 그리고 저당에서 빠져 있는 생 레오나르의 네 개의 농장을 지니고 있으면 연 수입이 8,300프랑이 될 것이다, 그중 1,300프랑은 부동산 수리비나 유지비로 지출한다, 남는 7,000프랑 중 5,000프랑을 1년 생활비로 쓰고 나머지 2,000프랑은 저축을 한다는 것이 그녀의 계획이었다.

그녀는 덧붙였다.

"나머지는 다 먹혔어요. 다 끝이에요. 앞으로 열쇠는 제가 갖고 있겠어요. 그리고 폴 도련님에게는 앞으로 한 푼도 줄 수 없어요. 그러지 않으면 마지막 남은 한 푼까지도 다 빼앗아갈 겁니다."

잔느는 울먹이며 중얼거렸다.

"그렇지만 그 애가 먹을 것도 없다면?"

"배가 고프면 집에 와서 먹으면 되지요. 언제나 잠자리와 먹을 것은 준비해놓을 테니까요. 처음부터 한 푼도 안 줬다면 그런 난봉은 피우지 않았을 거예요. 지금까지 준 건 어쩔 수 없어요. 하지만 앞으로는 단 한 푼도 줄 수 없어요. 마님이 단 한 푼도 없게 되는 걸 두고 볼 수는 없어요."

그런 후 로잘리는 잘 자라는 인사를 남기고 나가버렸다.

자신의 전 생애가 묶여 있는 이 집을 팔아야만 한다는 생각에 잔느는 한숨도 잠을 이루지 못했다.

다음 날 오전 폴에게서 편지가 왔다. 1만 프랑의 돈을 요구하는 편지였다. 잔느는 그 편지를 로잘리에게 보여주고 상의했다. 그러자 로잘리가 말했다.

"제가 뭐라고 그랬어요, 마님? 아아, 만일 제가 오지 않았더라면 두 분 다 빈털터리가 될 뻔했어요."

잔느는 하녀가 시키는 대로 아들에게 편지를 보낼 수밖에 없었다.

사랑하는 내 아들에게,

이제 네게 줄 게 아무것도 없단다. 네가 나를 파산시켰어.

이제 레푀플까지 팔아야만 해. 하지만 이것만은 잊지 말

제12장

181

아다오. 네가 그렇게 고생시킨 이 늙은 어미 곁으로 오려고만 한다면 내가 언제고 네가 의지할 곳을 마련해놓고 있다는 것을.

엄마로부터

1개월 후에 잔느는 레푀플의 매매 계약서에 서명한 후 고데르빌 근처의 밧트빌 마을에 있는 작은 집을 사서 이사했다.

레푀플을 떠나기 전 잔느는 이 방 저 방을 돌아다니면서 자신의 기쁘고 슬픈 추억들, 자신의 삶의 역사가 묻어 있는 가구들을 하나하나 둘러보았다. 도무지 무엇을 가져가고 무엇을 두고 가야 할지 결정할 수 없었다. 어쨌든 이사 가려는 집이 작으니 모두 가져갈 수는 없는 노릇이었다. 잔느는 겨우 가지고 갈 짐을 정하고 로잘리에게 말해주었다.

이사 가는 날이 정해졌다. 이사 며칠 전 로잘리가 스물다섯 살 정도 된 청년과 일꾼들을 데리고 왔다. 새 집으로 이삿짐을 나르기 위해서였다. 청년은 로잘리의 아들이었다. 쥘리앵의 자식, 폴의 형제였다. 잔느는 심장이 멈추는 것 같았다. 그러면서도 이 청년에게 입을 맞춰주고 싶어 견딜 수가 없었다. 그녀는 혹시 남편이나 자식을 닮지 않았는지 그 청년을 유심히 살펴보았다. 붉은 혈색에 건장했으며 제 어머니를 닮아서 금발에 푸른 눈을 하고 있었다. 그런데, 어딘가 쥘리앵을 닮은 것 같았다. 어디가 어떻게 닮았는지 꼭 꼬집어 말할 수는 없었지만 용모 자체에 어딘가 쥘리앵다운 데가 있었다. 그의 이름은 드니였다. 드니는 일꾼들을 부려 짐을 옮기는 것을 감독했다.

9월 말이었다. 낮게 가라앉은 회색 하늘이 세상을 찍어 누르는 것 같았다. 잔느는 상념에 젖어 해안가 절벽 위에 서서 바다를 바라보았다. 그런 후 집으로 돌아와 레푀플에서의 마지막 밤을 보냈다.

드디어 마지막 날이 밝았다. 자신의 짐들은 이미 모두 보내 버렸기에 잔느는 쥘리앵의 방 침대에서 잠을 자고 일어났다. 마치 먼 길을 숨 가쁘게 달려온 것처럼 잔느는 기진맥진해서 잠자리에서 일어났다. 뜰에는 이미 마차가 대기하고 있었다.

8시쯤 되어서 비가 내리기 시작했다. 로잘리는 잔느를 식당으로 데려가서 카페오레를 마시게 했다. 잔느가 모자를 쓰고 숄을 두르고 로잘리가 그녀에게 신발을 신겨주는 동안 잔느는 목이 메어 말했다.

"로잘리, 생각나니? 이곳에 오려고 루앙을 떠나던 날 얼마나 세차게 비가 쏟아졌었는지…….”

그 말과 함께 그녀는 경련을 일으키더니 그대로 쓰러져 의식을 잃었다. 잔느는 한 시간 정도 죽은 듯 가만히 있다가 겨우 정신을 차렸다. 로잘리와 그녀의 아들은 한시라도 빨리 이곳을 떠나는 게 상책이다 싶어 그녀를 겨우 마차에 태웠다. 젊은이는 맹렬하게 마차를 몰았다. 마차가 마을 모퉁이를 돌았을 때였다. 대로를 왔다 갔다 하는 남자의 모습이 보였다. 톨비악 신부였다. 이들이 출발하는 모습을 엿보고 있었던 것 같았다.

그는 마차를 지나 보내려고 걸음을 멈추었다. 그는 흙탕물이 묻을까봐 법의 자락을 들어 올리고 있었다. 잔느는 그와 시선이 마주칠까봐 눈길을 낮추었다. 모든 사실을 다 알고 있는 로잘리는 신부의 모습을 보자 격분했다. 그녀는 “못된 놈! 못된 놈!”이라고 중얼거리더니 아들의 손을 잡고 말했다.

“채찍으로 한 방 갈겨버려!”

그러자 드니는 마차가 신부 옆을 지나는 순간 전속력으로 달리고 있는 마차의 바퀴를 갑자기 물이 고여 있는 작은 웅덩이 쪽으로 몰았다. 그러자 흙탕물이 마치 홍수처럼 튀어 올라 사제의 머리부터 발끝까지 뒤엎어버렸다. 로잘리는 너무 기분이 좋아 몸을 뒤로 돌리고 주먹질을 해댔다. 신부는 손수건으로 흙탕물을 닦느라 정신이 없었다.

두 시간 후에 마차는 배나무 과수원 한복판에 있는 조그마한 벽돌집 앞에 섰다. 인동덩굴과 클레마티스 덩굴이 뻗어 올라간 격자 모양의 네 개의 정자가 뜰 네 귀퉁이에 자리 잡고 있었으며, 뜰에는 야채를 심은 몇 개의 네모 난 밭들이 있었고, 밭들 사이로 난 좁은 길들에는 과수나무들이 심어져 있었다. 아주 높은 울타리가 사방으로 땅을 둘러싸고 있었으며 이웃 농장과 이곳 사이에는 넓은 들판이 있었다. 그 밖의 다른 인가와는 1킬로미터나 떨어져 있는 한적한 곳이었다.

도착한 후 며칠 동안 짐을 정리하느라 정신이 없어서 잔느는 감상에 빠질 시간조차 없었다. 게다가 로잘리는 잔느가 또 쓸데 없는 망상에 빠질까봐 혼자 쉴 틈도 주지 않았다. 잔느는 새 집을 아름답게 꾸미는 일에서 기쁨조차 느꼈다.

이전에 집 벽을 장식하고 있던 타피스리는 식당 벽에 걸기로 했고 그곳을 응접실 겸용으로 쓰기로 했다. 잔느는 2층의 두 방 중 하나를 특히 정성껏 장식했는데 그녀는 마음속으로 이미 그 방을 '폴레의 방'으로 부르고 있었다. 잔느는 나머지 한 방을 쓰기로 했고 로잘리는 그 위층 곳간 옆에 있는 방에서 지내기로 했다. 그럭저럭 꾸미고 나니 아담한 것이 마음에 들었다. 뭔가 부족한 것처럼 느껴지긴 했지만 잔느는 이 집이 좋아졌다.

그러던 어느 날 아침이었다. 로잘리는 장을 보러 가고 없었다. 페캄의 공증인이 3,600프랑을 가지고 왔다. 레푀플에 남겨 두고 온 가구들을 가구상이 평가해서 보내온 금액이었다. 잔느는 그 돈을 받으면서 기쁨에 몸을 떨었다. 로잘리 몰래 아들 폴에게 보낼 돈이 생겼다는 생각에서였다. 그녀는 돈을 아들에게 부쳐주려고 황급히 고데빌을 향해 집을 나섰다.

그러나 그녀는 큰길을 가다가 장에서 돌아오는 로잘리와 마주쳤다. 당장에는 눈치를 채지 못했지만 하녀는 뭔가 수상하다고 생각했다. 그녀는 장을 본 광주리를 바닥에 내려놓고 무조건 화를 냈다. 잔느가 무엇이든 자신에게 숨길 수 없다는 것을 잘 알고 있었던 것이다. 그러고는 오른손으로는 주인을 잡고 왼손으로는 광주리를 든 채 씩씩거리며 집으로 돌아왔다.

집으로 돌아온 하녀는 주인에게 무조건 돈을 내놓으라고 윽박질렀다. 잔느는 600프랑을 감춘 채 3,000프랑을 내놓았다. 하지만 그것마저 수상하게 생각한 하녀에게 들켜서 결국 다 내놓고 말았다. 하지만 로잘리는 잔느가 감추었던 잔금만은 폴에게 부치는 데 동의했다. 며칠 후 마침 곤경에 처해 있었는데 큰 도움이 되었다는 폴의 사례 편지가 왔다.

잔느는 처음에는 이 집이 그럭저럭 마음에 들었지만 왠지 정이 들지 않았다. 자유롭게 숨을 쉴 수 없는 것 같았고, 전보다 더 외로웠으며 버림받은 것 같은 기분이었다. 그녀는 한 바퀴 돌고 오면 좀 나아질까 자주 밖으로 나갔다. 하지만 이 마을 저 마을 한 바퀴씩 돌고 와도 다시 집 밖으로 나가고 싶어졌다. 자신이 왜 그렇게 밖으로 나가고 싶어 하는지 잔느 자신도 알지 못한 채 매일 같은 일이 반복되었다.

그러던 어느 날 무의식적으로 나온 한마디가 그녀의 내밀한 욕망이 무엇인지 알려주었다. 그날 잔느는 저녁을 먹으려고 자리에 앉으면서 자신도 모르게 "아, 정말로 바다가 보고 싶어"라고 내뱉었다. 그녀가 뭔가 부족하다고 느낀 것, 그것은 바로 바다였다. 25년 동안 그녀의 위대한 이웃이었던 바다, 염분을 품은 공기와 함께 분노하고 포효하며 강력한 숨결을 보내오던 바다, 레푀플의 창가에서 매일 바라보던 바다, 밤이고 낮이고 호흡하며 친근하게 함께하던 바다, 자기도 모르는 새 마치 사람을 사랑하듯 사랑하던 바다, 그 바다가 이곳에는 없었던 것이다.

겨울이 다가오고 있었다. 잔느는 매일 레푀플에 살고 있는 꿈을 꾸었고 그 꿈속에서 바다를 보았다. 예전처럼 부모님과 함께 그곳에 살고 있었으며 때로는 리종 이모도 함께 있었다. 그러다 눈을 뜨면 눈에는 언제나 눈물이 그렁그렁했다.

그러면서 잔느는 내내 폴 생각을 했다.

'어떻게 지내고 있을까? 무엇을 하고 있을까? 내 생각을 하고 있을까?'

하지만 그녀는 폴을 그리워한 것만이 아니었다. 폴을 생각하면서 그녀는 폴을 빼앗아간 저 낯선 여자에 대한 질투에도 사로잡혔다. 그리고 그녀를 증오했다. 그녀는 당장 아들을 찾고 싶었다. 당장 그에게 달려가고 싶었다. 하지만 그 낯모를 여자를 향한 그녀의 증오심이 그녀를 막았다. 자식의 정부가 문 앞에 버티고 서서 "부인, 여긴 뭐 하러 오셨나요?"라고 묻는 모습이 눈에 보이는 것만 같았다. 어머니로서의 자부심이 그런 식의 만남을 거부했다. 언제나 순결했고 일말의 과실이나 오점이 없는 여자로서의 자존심이, 추잡한 육체적 사랑에 굴복해서 그 마음까지 비굴해져버린 남자들을 향한 분노를 키웠다. 그럴 때마다 잔느는 인간이란 것이 불결한 존재라는 생각이 드는 것을 어쩔 수 없었다.

다시 봄이 가고 여름도 지나갔다. 지루하게 내리는 비와 침침한 하늘과 함께 가을이 다시 찾아오자 그녀는 이렇게 권태로운 삶을 지속할 수는 없다고 생각했다. 그녀는 무슨 짓을 해서라도 폴을 다시 곁으로 데려오게 해야겠다고 결심했다.

'젊은이로서의 정념도 이제는 사라졌을 거야'라고 그녀는 생각했다. 그녀는 눈물겨운 편지를 아들에게 썼다.

사랑스러운 아들아, 제발 내 곁으로 돌아오렴. 내가 하녀와 단둘이 외롭게 늙어가고 병들어가고 있다는 걸 생각해주렴. 나는 이제 길가의 작은 집에 살고 있단다. 너무 슬퍼. 너만 내 곁에 있다면 모든 게 바뀔 텐데. 내게는 이 세상에 너 하나뿐인데 벌써 7년 동안이나 너를 보지 못했구나! 내가 그동안 얼마나 불행했는지, 얼마나 네게 의지하고 있었는지 너는 모를 거야. 너는 내 삶이고 내 꿈이고 내 단 하나뿐인 희망이고 단 하나뿐인 사랑이란다. 나는 너를 이토록 그리워하는데 너는 나를 버렸구나! 오, 귀여운 폴레야! 제발 와서 내게 키스해주렴. 절망하면서 네게 두 팔을 내밀고 있는 네 늙은 어미 곁으로 돌아와주렴.

엄마

제12장

189

얼마 후 폴에게서 답장이 왔다.

사랑하는 어머니, 어머니를 뵈러 갈 수 있다면 얼마나 좋을까요? 하지만 제게는 지금 단 한 푼도 없습니다. 돈을 조금 보내주시면 가겠습니다.

제가 지금 이렇게 어려운 처지에 있는데도 제가 사랑하는 여자는 저를 여전히 버리지 않고 있습니다. 이처럼 헌신적인 애정을 정식으로 인정하지 않고 내버려둔다는 것은 옳지 않습니다.

그녀는 제게 변함없는 그 무엇이었다는 것을 어머니께 자신 있게 말씀드립니다. 어머니, 그녀와의 결혼을 허락해주십시오. 제가 집에서 도망친 것을 용서해주시고, 앞으로 저희 셋이 새집에서 함께 살 수 있기를 어머니께 간청드립니다. 어머니께서 그녀를 만나신다면 당장 승낙해주실 것입니다. 그녀가 나무랄 데 없이 훌륭한 여자라는 것, 예의범절도 바른 여자라는 것은 제가 보증합니다. 분명히 어머니 마음에 들 것입니다. 저는 그녀 없이는 살 수 없습니다.

사랑하는 어머니, 어머니의 답장을 간절한 마음으로 기

다리고 있겠습니다.

어머니께 애정을 보내며,

당신의 아들, 폴 드라마르 자작

잔느는 편지를 내려놓은 채 맥을 놓고 있었다. 자기 아들을 언제고 내놓지 않고 있는 그 여자, 단 한 번도 어미 곁으로 보내주지 않고 있는 그 여자, 절망한 어미가 자식을 껴안고 싶은 욕구를 더 이상 이겨내지 못하고 결국 모든 것을 받아들일 때가 오기를, 자신에게 유리한 그러한 때가 오기를 기다리고 있는 그 여자의 꾀를 간파해낸 것이다. 거기다 폴이 그녀에게 얼마나 집착하고 있는지를 보여주는 편지가 그녀의 가슴을 찢어놓았다.

그녀는 중얼거렸다.

"저 애는 나를 사랑하지 않아. 나를 사랑하지 않아."

로잘리가 들어오자 잔느는 머뭇거리다가 말했다.

"폴이 그 여자와 결혼하겠대."

로잘리는 펄펄 뛰었다.

"절대로 승낙하면 안 됩니다. 도련님이 그 따위 계집하고 결

제12장

191

혼한다니! 그따위 계집을 집안에 끌어들이다니!"

그러자 맥없이 있던 잔느가 화를 내며 말했다.

"누가 그런 걸 승낙한대! 그 애가 오지 않는다면 내가 갈 거야! 둘 중 누가 이기나 어디 두고보라지!"

잔느는 당장 폴에게 자기가 가겠다는 것과 그 더러운 계집 없이 단둘이 다른 곳에서 만나자는 내용의 편지를 썼다. 답장을 기다리는 동안 로잘리가 그녀의 여행 준비를 해주었다. 잔느는 신혼여행에서 돌아오다 잠깐 들렀던 파리에 28년 만에 가보게 된 것이었다.

로잘리는 잔느를 공증인 루셀 씨에게 데리고 갔다. 그는 1년에 2주일씩 파리로 여행을 하니 그녀에게 조언을 해줄 수 있으리라는 것이었다. 루셀 씨는 마차를 피하는 법, 도둑맞지 않는 방법 등에 대해 여러 가지 주의를 해주었다. 돈은 옷 안에다 꿰매 넣을 것, 주머니에는 필요한 돈 외에는 넣지 말라는 충고를 한 후, 그는 괜찮은 음식점들도 소개해주었다.

잔느는 기차를 타고 파리에 가기로 했다. 6년 전부터 파리와 르아브르 간을 운행하는 기차가 개통되었던 것이다.

얼마를 기다렸지만 폴에게서는 답장이 없었다. 3주를 기다려도 답장이 없자 잔느는 그냥 출발하기로 결심했다. 잔느가 로잘리에게도 함께 가자고 했지만 로잘리는 여비만 더 들 뿐이라며 잔느 혼자 다녀오라고 했다. 로잘리는 잔느에게 300프랑이상 갖고 가는 것을 허락하지 않았다.

"돈이 더 필요하시면 편지를 주세요. 공증인을 통해 보내드릴게요. 돈을 더 드리면 폴 도련님이 가로채실 게 뻔해요."

그리하여 섣달 어느 날 아침 잔느는 로잘리와 애절하게 인사를 나눈 후, 생전 처음 타보는 기차에 몸을 실었다.

기차는 석양 녘에 파리에 도착했다. 기차에서 내리자 어떤 심부름꾼이 다가와서 트렁크를 들었다. 공증인이 미리 연락해둔 심부름꾼이었다. 잔느는 그 남자를 놓치지 않으려고 거의 뛰다시피 그 뒤를 따랐다. 그녀는 루셀 씨가 소개해준 호텔에 여장을 풀었다.

조그만 테이블을 앞에 두고 호텔 방에 앉아 있자니 잔느는 가슴이 죄어드는 것 같았다. 그녀는 닭 날개 요리와 수프를 갖다 달라고 주문했다. 아침부터 아무것도 먹지 않았던 것이다. 희미한 촛불 아래 저녁을 먹으면서 잔느는 신혼여행에서 돌아오는 길에 쥘리앵과 잠시 이 도시를 지났다는 것, 그의 인색한 본성이 이곳에 왔을 때 드러났던 것을 회상했다. 그때 그녀는 젊었으며 남들을 믿었으며 무엇보다 원기가 넘쳤다. 그런데

제12장

193

지금은? 늙은 데다 어리둥절할 뿐이고 겁에 질려 있으며 힘도 없었다. 게다가 아무것도 아닌 일에도 마음의 동요를 느끼기만 할 뿐이다. 그녀는 식사를 마치고 창밖을 바라보았다. 거리로 나가고 싶었지만 지금 나갔다가는 길을 잃을 것 같았다. 잔느는 침대에 누워 불을 껐다.

그녀는 거의 잠을 이루지 못했다. 새벽이 거의 다 되어 겨우 눈을 붙였는가 싶었는데 이내 동이 텄다. 그녀는 폴 생각에 날이 밝자마자 자리에서 벌떡 일어나 옷을 걸쳤다.

폴의 주소는 시테섬 내 소바주 거리로 되어 있었다. 돈을 아껴 쓰라는 로잘리의 말대로 그녀는 그곳까지 걸어서 가기로 했다. 맑게 갠 날씨였지만 살을 에는 찬바람이 불어왔다. 사람들이 거리에서 바쁘게 오가고 있었다. 그녀는 길가는 사람에게 길을 물어보았다. 그녀는 그 사람이 가르쳐준 대로 될 수 있는 한 빨리 걸어갔다. 그러나 그 길 끝에서 오른쪽으로 돌아야 했고 다시 왼쪽으로 돌았다가 광장으로 나오게 되었다. 그러자 그녀는 빵집으로 들어가 다시 길을 물었고, 빵집 주인은 전혀 다른 길을 일러주었다. 잔느는 길을 걷다가 다시 길을 잃고, 다시 묻고 다시 걷고 수차례 반복한 후 겨우 센 강변을 따라 걸어갈 수 있었다.

센 강변을 약 한 시간 걸은 후 그녀는 겨우 소바주 거리에 들어설 수 있었다. 아주 침침한 샛길이었다. 그리고 드디어 아들이 살고 있는 집 앞에 섰다. 그녀는 너무 흥분해서 한 발자국도 옮길 수 없을 지경이었다.

'그래, 바로 이 집에 폴레가 살고 있는 거야.'

그녀의 무릎과 손이 덜덜 떨렸다. 그녀는 겨우 안으로 들어섰다. 복도를 어느 정도 걸어가니 칸막이 안에 앉아 있는 문지기가 보였다. 그녀는 은화 한 닢을 내밀며 말했다.

"저, 죄송하지만 폴 드라마르 씨에게 그분 어머니 친구가 여기서 기다리고 있다고 전해주실 수 있겠어요?"

"그 사람, 이제 여기 살지 않습니다, 부인."

극심한 전율이 그녀를 꿰뚫고 지나갔다. 그녀가 더듬더듬 물었다.

"아, 네…… 그러면, 지금 어디 살고 있는지……?"

"저는 모릅니다."

그녀는 눈앞이 아찔해서 곧 쓰러질 것만 같았다. 그녀는 잠시 가만히 있다가 겨우 정신을 차리고 중얼거리듯 말했다.

"언제 여기를 떠났지요?"

"벌써 2주일이나 됩니다. 어느 날 밤, 그냥 나가더니 안 돌아왔어요. 이 동네 천지 사방에 빚투성이입니다. 그러니 주소를 알려줄 리가 있습니까? 돈을 갚지 못해 도망간 거예요."

"그렇지만 사람을 보내서 자기에게 온 편지라도 찾으려 하지 않나요?"

"별로 편지도 오지 않습니다. 1년에 열 통이나 오려나. 그래도 떠나기 이틀 전에 한 통 올려다 준 적이 있습니다."

틀림없이 자기가 보낸 편지였다. 잔느는 조급한 목소리로 수위에게 말했다.

"사실은 제가 그 애 엄마예요. 그 애를 찾으러 온 겁니다. 자, 여기 10프랑을 드릴게요. 혹시 그 애 소식을 듣게 되면 르아브르가의 노르망디 호텔로 연락을 주세요. 사례는 충분히 해줄게요."

"염려 마십시오, 부인."

잔느는 황급히 그곳을 떠났다. 그녀는 어디로 간다는 생각도 없이 급히 걷기 시작했다. 마치 무슨 급한 볼일이 있는 것 같았다. 벽을 따라 걷다가 짐을 진 사람과 부딪치기도 했고, 마차가 오는 것도 보지 못하고 길을 건너다가 마부에게 호통을 받기도 했다.

정신없이 걷다보니 공원이 나왔다. 그녀는 하도 피곤해서 벤치에 앉아 한참을 가만히 있었다. 그녀는 자신도 모르게 울고 있었다. 지나는 사람들이 걸음을 멈추고 바라볼 정도였다. 얼마 지나자 너무 추워서 그녀는 벤치에서 일어났다. 너무 기진맥진해서 두 다리로 겨우 버티고 설 수 있을 뿐이었다. 그녀는 음식점에 들어가 수프라도 마시면 좀 나을 것 같아 음식점을 기웃거렸다. 하지만 누가 봐도 알 수 있을 슬픈 기색을 들킬 것 같은 부끄러움에 선뜻 들어가지 못했다. 용기를 내서 음식점으로 들어가려 하다가도 손님들이 앉아 있는 것을 보고는 질겁하고 뛰쳐나오며 '다음 집에 들어가야지'라고 혼잣말을 했다.

하지만 그녀는 결국 아무 음식점에도 들어가지 못했다. 그녀는 겨우 빵집으로 들어가 초승달 모양의 빵을 사서 길을 가면서 뜯어 먹었다. 그리고 혹시 아들을 만날 수 있을까 공원을 한 시간 정도 더 헤맨 다음에 물어물어 호텔로 돌아왔다.

그날 그녀는 하루 종일 침대 밑 의자에 앉아 있었다. 그리고 저녁으로는 어제처럼 고기와 수프를 시켜서 조금 먹었다. 그런 후 그녀는 침대로 기어 올라갔다. 그냥 아무 생각 없는 기계적인 동작이었다.

다음 날, 그녀는 길에서 우연히 아들을 만날 수도 있으리라는 생각에 정처 없이 거리를 헤매었다. 그녀는 수많은 군중 속에서 황량한 들판에 서 있는 것보다 더 큰 외로움을 느꼈으며,

마치 모두에게 버림받은 것 같은 비참한 기분에 젖었다.

저녁에 호텔에 돌아와보니 폴이 보내서 왔다는 한 남자가 찾아왔었고 내일 다시 온다 하고 갔다는 소식을 카운터의 종업원이 전했다. 심장으로부터 피가 거꾸로 밀물처럼 위로 올라오는 것 같아 그녀는 그날 밤 잠을 이루지 못했다. 혹시 그 애가 아니었을까? 그래, 분명 그 애였을 거야.

아침 9시경 누군가 문을 두드렸다. 그녀는 두 팔을 벌리고 달려들 태세로 "들어와요!"라고 외쳤다. 그러나 들어선 것은 낯선 남자였다. 그는 방해가 되었다면 죄송하다며 그의 용건을 말했다. 폴이 진 빚을 받으러 왔다는 것이었다. 그가 말을 하는 동안 내내 잔느는 자신도 모르게 눈가에 맺히는 눈물을 닦느라 연신 손끝을 눈으로 가져갔다.

그 남자는 소바주가의 문지기로부터 폴의 모친이 찾아왔다는 소식을 듣고는 이렇게 찾아온 것이었다. 그는 잔느에게 증서를 내밀었다. 모두 90프랑이었다. 잔느는 돈을 지불했다.

이튿날은 다른 채권자들이 모여들었다. 잔느는 20프랑만 남기고 모두 지불했다. 그리고 로잘리에게 사정을 편지로 알렸다.

그녀는 로잘리의 답장을 기다리는 동안 그냥 무턱대고 거리를 걸었다. 상냥한 말을 건네줄 사람도 없었으며 자기의 비참한 처지를 알아줄 사람도 없었다. 이제 이곳을 떠나고 싶다는 생각, 저기 쓸쓸한 길가의 자기 집으로 돌아가고 싶다는 생각밖에 없었다.

며칠 전만 해도 그곳에서는 더 이상 살 수 없을 것만 같았다. 그만큼 슬픔이 그녀를 짓누르고 있었다. 그런데 이제는 반대로 바로 그곳, 자신의 우울함이 습관처럼 뿌리내리고 있는 바로 그곳만이 그녀가 살 곳이라는 것을 생생하게 느끼고 있었다.

마침내 어느 날 저녁 그녀는 편지와 함께 200프랑의 돈을 받았다. 로잘리는 편지에 이렇게 적었다.

잔느 마님, 한시 바삐 돌아오세요. 더 이상은 돈을 부쳐드릴 수 없으니까요. 폴 도련님은, 소식을 듣게 되면 이번에는 제가 모시러 가겠어요.

마님의 하녀 로잘리로부터

잔느는 눈 내리는 몹시 추운 어느 날 아침 밧트빌을 향해 출발했다.

제13장

집으로 돌아온 잔느는 외출도 하지 않았으며 거의 몸을 꿈쩍하지도 않았다. 그녀는 매일 아침 같은 시각에 자리에서 일어나 창을 통해 날씨가 어떤지 알아본 후, 응접실로 내려가 의자에 앉았다. 그녀는 난로의 불꽃을 뚫어져라 들여다보면서 손가락 하나 까딱하지 않은 채 온종일 그렇게 앉아 있었다. 어둠이 차츰차츰 그 작은 방에 스며들어도 그녀는 난로에 장작을 지필 때 외에는 꼼짝도 하지 않았다. 그러면 로잘리가 등불을 들고 와서 외치곤 했다.

"잔느 마님, 몸을 좀 움직이셔야지요. 그러다가는 오늘 저녁에도 배가 안 고프실 거예요."

그녀는 지금 과거, 그것도 아주 오래된 과거의 추억 속에서 살고 있었다. 그녀에게는 어린 시절과 코르시카로 신혼여행을 갔을 때의 일이 끊임없이 떠올랐다. 특히 오래전부터 잊고 있었던 그 섬의 풍경들이 눈앞에서 타오르고 있는 장작불들 속에 또렷이 떠올랐다. 그리고 거기서 만났던 사람들, 거기서 있었던 사소한 일들이 모두 생각났다.

이어서 폴이 어렸을 때 즐거웠던 일들이 떠올랐다. 그러면 그녀는 자기도 모르게 아주 낮은 목소리로 마치 곁에 폴이 있는 듯 "풀레야, 내 귀여운 풀레야"라고 속삭였다. 그녀의 몽상은 바로 거기서 끊겼다. 그리고 허공에 '풀레'라는 글자를 손가락으로 수도 없이 되풀이해서 써보았다. 로잘리는 억지로 잔느를 거리로 끌어낸 후 산책을 시키려 했지만 그녀는 채 20분도 못 걷고는 "로잘리, 더는 못 걷겠어"라고 말하면서 개울가에 주저 앉았다.

얼마 안 가서 잔느는 도무지 몸을 움직이는 것조차 싫어하게 되었다. 그녀는 아침에 로잘리가 갖다준 카페오레를 마시고는 다시 침대에 누워버렸다. 그녀는 화가 난 로잘리가 억지로 옷을 입힐 때까지 그대로 침대에 누워 있었다.

이제 그녀에게는 의지라는 것이 존재하지 않는 것 같았다. 하녀가 그녀에게 그 무엇인가 의견을 들으려고 물어보면 그녀는 언제나 "로잘리, 네 마음대로 해"라고 답할 뿐이었다.

그녀는 불운이 자기를 집요하게 쫓아다니고 있다고 생각하고는 일종의 숙명론자가 되어갔다. 자기의 꿈이 사라지고, 희망이 허물어지는 것을 습관적으로 봐왔기에, 그녀는 그 어떤 새로운 일도 하려고 하지 않았다. 그리고 아주 간단한 일을 처리해야 할 때에도 '자기는 언제나 나쁜 길로만 들어가게 되어 있다, 결과는 나쁠 것이 뻔하다'라는 생각이 들어 하루 종일 망설이고만 있었다.

그녀는 늘 입버릇처럼 말했다.

"나는 정말로 운이 없는 삶을 살았어."

그러면 로잘리가 큰 소리를 질렀다.

"빵을 얻기 위해서 일해야만 하는 사람 생각 좀 해보세요! 일을 하려고 매일 새벽 6시에 일어나야 하는 사람 생각 좀 해보세요! 그래야만 하는 사람들이 얼마나 많은데요. 그러고도 늙어빠져서는 아무것도 없이 비참하게 죽는답니다. 그래도 그런 소리나 하고 계실 거예요?"

잔느가 대답했다.

"로잘리, 내 자식까지 나를 버렸잖아. 내가 얼마나 외로운지 한번 생각해봐."

그러자 로잘리는 더 화를 내며 말했다.

"참 대단한 일을 겪으셨군요! 그래, 군대에 가는 자식은 어떻고요! 미국으로 가버린 자식은 어떻고요!"

로잘리에게 미국은 돈을 벌려고 간 후 절대로 돌아오지 않는 막연하고 먼 나라였다. 로잘리는 다시 말을 이었다.

"누구나 언젠가는 헤어져야만 할 때가 오는 법이에요. 늙은 이와 젊은이가 언제까지나 함께 살 수는 없잖아요."

그리고 그녀는 사정없이 이렇게 덧붙였다.

"만일 도련님이 죽으면 뭐라고 하실 거예요?"

그러자 잔느는 아무 대답도 하지 않았다.

이른 봄이 되어 날이 풀리자 잔느는 어느 정도 기력을 회복했다. 하지만 잔느는 그 기운을 바깥 활동에 쓰지 않고 더 침울한 몽상에 빠지는 데 썼다.

그러던 어느 날이었다. 잔느는 무언가 찾으려고 곳간에 올라갔다가 우연히 옛날의 묵은 달력들이 가득 들어 있는 상자를 발견했다. 그녀는 마치 지나간 세월들을 다시 발견한 것과 같은 기분으로 야릇한 감상에 젖어 그 상자 앞에 망연히 서 있었다.

그녀는 그 상자를 들고 아래층으로 내려갔다. 그리고 그것들을 연대순으로 테이블 위에 늘어놓기 시작했다. 홀연 그녀가 레쾨플로 오면서 가지고 온 제일 오래된 달력이 눈에 띄었다.

그녀는 그것을 오랫동안 바라보았다. 수도원에서 나온 다음 날, 루앙을 떠나던 날 아침 자기 손으로 지운 날짜가 그대로 남아 있었다. 그녀는 눈물을 흘렸다.

그때 문득 한 생각이 떠오르더니 마치 무서운 집념처럼 그녀를 사로잡아버렸다. 자기가 지나온 나날들을 달력을 보면서 하루하루 되새겨보고 싶어진 것이다. 그녀는 노랗게 변색한 달력 종이들을 벽 타피스리에 한 장 한 장 꽂아놓고는 하나하나 앞에서 '그 달에 무슨 일이 있었지?' 하고 기억을 되새기며 몇 시간이고 있었다.

잔느는 이전부터 기념할 만한 날짜에는 줄을 그어놓았기 때문에 앞뒤의 사소한 사건들을 연결해서 한 달 전체를 기억해낼 수도 있었다. 그녀는 집요하게 기억을 더듬으며 레쾨플로 와서 처음 지낸 2년간은 거의 완전하게 다시 그려낼 수 있었다. 머나먼 과거의 일일수록 이상하게 더 또렷하게 떠오르는 것이었다.

하지만 그 뒤의 세월들은 서로 뒤엉키고 겹쳐져서 마치 안갯속으로 사라지는 것 같았다. 때로는 아무것도 기억나지 않아 몇 시간이고 달력을 바라보며 앉아 있을 때도 있었다.

그러던 어느 날이었다. 태양빛을 받아 모든 식물들의 수액들이 일제히 깨어났을 때, 온갖 농작물들이 땅에서 싹트기 시작하고 나무들이 푸릇푸릇해졌을 때, 정원의 사과나무들에 장밋빛 꽃망울들이 마치 이슬처럼 매달려, 온 들을 그 향기로 채우기 시작했을 때, 그녀는 알지 못할 커다란 흥분에 휩싸였다.

그녀는 제자리에 가만히 있을 수 없었다. 그녀는 이리저리 왔다 갔다 하면서 하루에도 스무 번씩 집 안팎을 드나들었다. 그녀는 일종의 회한의 열기에 고양되어 농가들을 따라 멀리까지 걸어가기도 했다.

수풀 속에 웅크리고 있는 데이지꽃, 나뭇잎들 사이로 미끄러져 들어오는 한 줄기 햇빛, 푸른 하늘이 비춰 보이는 물웅덩이들을 보면서 그녀는 감동했고 마음이 흔들렸으며 온통 어지러워졌다. 마치 그녀가 먼 옛날 처녀 시절, 꿈에 젖어 전원을 배회하던 그 시절의 감정들이 일종의 메아리처럼 멀리서 그녀에게 다시 울리는 것만 같았다.

그녀가 아직 미래에 대한 꿈에 젖어 있었을 때, 그녀는 이와 똑같이 마음의 동요를 느꼈던 적이 있었으며 이런 달콤함과 도취를 맛본 적이 있었다. 그런데 미래가 완전히 닫혀버린 지금, 그녀가 그 모든 것을 되찾은 것이다.

제13장

그녀는 그것을 한껏 즐기면서 동시에 아픔을 맛보았다. 이 깨어난 세계의 영원한 환희가 그녀의 메마른 피부, 차가워진 피, 짓눌린 영혼 속으로 스며들어왔지만, 오직 나약하고 고통스러운 매력밖에 주지 못하는 것 같았기 때문이었다.

그건 분명 젊은 날의 환희와 똑같은 것이었으면서도 완전히 다른 것이기도 했다. 게다가 그녀 주변의 그 무언가가 조금 달라진 것 같기도 했다. 태양은 젊은 날의 태양보다 열기가 식은 것 같았으며 하늘은 덜 푸르른 것 같았고 풀들도 그 색이 바랜 것만 같았다. 꽃들도 향기가 덜한 것 같았고 이전처럼 자신을 취하게 하지는 않았다.

그렇지만 어떤 날은 삶의 행복이 그녀에게 스며들어 또다시 꿈을 꾸고 희망을 품고 무엇인가를 기다리게 되기도 했다. 운명이 아무리 가혹하다 한들, 이처럼 좋은 날에 어찌 희망을 품지 않을 수 있을 것인가?

그녀는 고양된 영혼의 채찍질을 받는 듯 몇 시간이고 몇 시간이고 왔다 갔다 했다. 그리고 이따금 걸음을 멈추고 길가에 앉아서 갖가지 슬픈 생각에 잠기기도 했다.

'나는 왜 다른 사람들처럼 사랑을 받지 못한 걸까?'

'왜 나는 평온하게 살면서 아주 소박한 행복도 맛보지 못한

걸까?'

또한 그녀는 자신이 늙었다는 것도 잊고, 자기 앞에는 슬프고 외로운 몇 년밖에 남지 않았다는 것도 잊고 마치 이전 열여섯 살 소녀 시절처럼 달콤한 갖가지 계획을 세우고, 즐거운 미래의 조각들을 맞춰보기도 했다. 그러다가 갑자기 그녀는 다시 현실로 돌아오곤 했다. 그러면 그녀는 간신히 몸을 일으켜 세우면서 "오, 이런 미친 늙은이! 정신 나간 늙은이!"라고 중얼거리며 집으로 돌아왔다.

전에 잔느를 산책시키려고 그렇게 애를 쓰던 로잘리는 그녀만 보면 말했다.

"좀 가만히 계시지 못하세요? 무엇 때문에 그렇게 흥분해 있는 거예요?"

그러던 어느 날 아침이었다. 로잘리가 평소보다 이른 시각에 그녀의 방에 들어와 카페오레를 탁자 위에 놓으며 말했다.

"빨리 드세요. 드니가 문간에서 기다리고 있어요. 레푀플에 볼일이 있어서 함께 가보기로 했어요."

잔느는 너무 감동해서 기절할 것만 같았다. 그녀는 그리운 집을 다시 본다는 생각에 흥분해서 떨리는 손으로 옷을 입었다.

제13장

207

찬란한 햇빛이 온 누리를 비추고 있었다. 조랑말도 즐거운 듯 이따금 발걸음을 빨리했다. 드디어 마차가 에투방 마을로 들어서자 잔느는 가슴이 벅차올라 숨을 쉴 수 없을 지경이었다. 이윽고 레푀플 담의 벽돌 기둥이 눈에 띄자 그녀는 자기도 모르게 "오, 오!" 하는 감탄사를 내뱉을 수밖에 없었다.

성관에 도착하자 로잘리와 그녀의 아들 드니는 일을 보러 갔고 잔느만 혼자 남았다. 그녀를 본 소작인들이 주인이 마침 외출 중이라 집 안에 아무도 없다며 그녀에게 성관을 한번 둘러보라고 열쇠를 주었다.

현관문을 열고 안으로 들어간 잔느는 거의 달리다시피 옛날 자기 방으로 올라갔다. 밝은색 벽지를 바른 그 방에 옛 모습은 남아 있지 않았다. 그러나 창문을 열고 밖을 내다보는 순간, 그녀는 뼛속까지 감동에 젖었다. 자기가 그토록 사랑하던 풍경, 수풀, 느릅나무, 들판 그리고 무엇보다 멀리 갈색 돛을 단 배가 드문드문 떠 있는 바다가 한눈에 들어온 것이다.

잔느는 그 방을 나와 텅 빈 집 안을 둘러보기 시작했다. 아버지가 쓰던 방, 어머니의 방을 둘러보며 그녀는 회한에 잠겼다. 벽지를 새로 바르지 않은 방에서는 눈에 띄지 않을 만한 옛 흔적들을 발견하기도 했다. 그녀는 그렇게 자신의 전 생애가 묻혀 있는 고요한 성관을 홀로 소리 없이 걸었다.

그녀는 응접실로 내려왔다. 덧문이 닫혀 있어 어두웠다. 처음에는 아무것도 보이지 않았지만 얼마 지나자 벽에 걸린 타피스리를 알아볼 수 있었다. 두 개의 안락의자가 마치 방금 사람이 앉았다가 나간 듯이 벽난로 앞에 놓여 있었다. 사람마다 나름대로의 냄새를 지니고 있듯이 이 방에서도 이 방만의 냄새, 어렴풋하지만 분명히 분간할 수 있는 냄새가 났다. 그 냄새가 마음에 스며들어 잔느는 추억과 기억에 감싸였다. 그녀는 과거의 입김을 들이마시며 숨을 헐떡거렸다. 그리고 두 개의 의자를 응시했다. 그러자 난로에 발을 쬐며 의자에 앉아 있는 부모님의 모습이 보이는 것 같았다. 아니다. 분명히 그들의 모습이 보였다.

잔느는 깜짝 놀라 뒤로 물러섰다. 그녀는 쓰러지지 않으려고 문 옆 벽에 등을 기댔다. 그러나 눈은 여전히 안락의자를 응시하고 있었다. 곧 환상은 사라졌다. 그녀는 자신이 미친 거 아닌가, 겁이 나서 얼른 응접실에서 도망치려 했다. 그러다 우연히 자기가 몸을 기대고 있는 벽으로 눈길이 향했다.

거기에는 많은 금들이 그어져 있었다. 폴레의 키를 표시해놓은 금들이었다. 고르지 않은 간격으로 그어진 금들 옆에는 키

크기와 날짜가 적혀 있었다. 아버지가 새겨놓은 것도 있었고 잔느가 새겨놓은 것도 있었으며 리종 숙모의 것도 있었다. 아이가 벽에 등을 붙이고 서 있는 모습이 눈에 훤히 보이는 것 같았다. 그리고 남작이 외치는 소리가 들리는 것 같았다.

'잔느야, 6주 만에 1센티미터나 자랐어!'

잔느는 풀레에게 입을 맞추듯 벽에 입을 맞추었다.

그때 밖에서 로잘리가 자신을 부르는 소리가 들렸다.

"잔느 마님, 점심 드시러 오세요. 모두들 기다리고 있어요."

잔느는 아무 생각 없이 그저 주는 대로 음식을 먹었다. 입으로 뭐가 들어갔는지도 알 수 없었다. 점심을 함께 한 소작인들과 로잘리가 이런저런 이야기를 했지만 아무 소리도 귀에 들어오지 않았다. 그녀는 그들과 건성으로 인사를 한 후 마차에 올랐다. 나무들 사이로 성관의 지붕이 시야에서 사라지자 그녀는 가슴이 마구 찢어지는 것 같은 아픔을 느꼈다. 이제 영원히 자기 집과 이별하는 것이라는 생각이 들었던 것이다.

밧트빌에 도착한 잔느가 집으로 들어가려는 순간, 문 밑에서 무언가 하얀 것이 눈에 띄었다. 아무도 없는 사이에 우편배달부가 놓고 간 것이었다. 폴에게서 온 편지였다. 잔느는 떨리는 손으로 편지를 뜯어 읽었다.

사랑하는 어머니, 어머니께 곧바로 편지를 드리지 않은
것은 어머니가 공연히 또 파리로 여행하시길 원치 않아
서였습니다. 제가 어머님을 뵈러 가야 한다고 계속 생각
하고 있었지요. 저는 지금 커다란 불행을 겪고 있고 큰
어려움에 처해 있습니다. 사흘 전에 딸아이를 낳은 제 여
자가 죽어가고 있기 때문입니다. 게다가 저는 무일푼입
니다. 아이는 이웃 여자가 수유기로 간신히 키우고 있습
니다. 정말 어찌할 바를 모르겠습니다. 아이가 죽지나 않
을까 걱정입니다. 어머니가 제 딸을 맡아주실 수는 없는
지요? 유모에게 맡길 돈도 없으니 정말 어떻게 해야 할지
모르겠습니다. 이 편지를 받으시는 대로 회신 바랍니다.

어머니를 사랑하는 아들, 폴 올림

잔느는 맥없이 의자 위에 주저앉았다. 그녀는 겨우 기운을
내서 로잘리를 불렀다. 하녀가 오자 둘은 함께 편지를 다시 읽
었다. 그런 후 둘 다 말없이 오랫동안 앉아 있었다.

제13장

211

이윽고 로잘리가 입을 열었다.

"제가 아기를 데리러 갔다 올게요. 마님, 아무래도 이대로 둘 수는 없잖아요."

잔느가 대답했다.

"그래, 갔다 와."

그러자 로잘리가 말했다.

"마님, 모자를 쓰고 외출 준비를 하세요. 고데르빌의 공증인에게 함께 가세요. 그 여자가 죽을 거라면 그 전에 폴 도련님과 결혼하게 해야 해요. 아이의 장래를 위해서예요."

잔느는 아무 소리 없이 모자를 썼다. 감히 입 밖으로 내지는 않았지만 깊은 환희가 그녀의 마음에 흘러넘치고 있었다. 무슨 일이 있어도 남에게는 보여줄 수 없는 기쁨이었고, 인륜에서도 벗어나는 기쁨이었다. 부끄러우면서도 어쩔 수 없이 그녀를 들뜨게 만드는 그런 기쁨이었다. 아들의 정부가 곧 죽게 되어 있었던 것이다!

공증인이 하녀에게 상세하게 주의를 주었고 하녀는 몇 번이나 반복했다. 그리고 실수를 하지 않으리라는 자신이 생기자 로잘리는 말했다.

"아무 걱정 마세요. 제가 다 알아서 할 겁니다."

그런 후 그녀는 파리를 향해 출발했다.

이틀이 지났다. 잔느는 아무 생각이 없었다. 사흘째 되는 날 로잘리가 그날 밤 열차로 돌아올 것이라는 편지를 보내왔다. 그밖에는 아무 말도 없었다.

다음 날 오후 3시경, 잔느는 이웃집 마차를 빌려 고데빌 정류장까지 로잘리를 마중 나갔다. 잔느는 멀리 지평선까지 뻗어 나간 기차 레일을 바라보며 플랫폼에 서서 기다렸다. 그녀는 이따금 시계를 들여다보았다. 아직 10분, 앞으로 5분, 앞으로 2분. 드디어 시간이 되었다! 그러나 먼 선로 위에는 아직 아무 것도 보이지 않았다. 그러다 갑자기 흰 점이 보였다. 연기였다. 이어서 까만 점이 보이더니 차츰 모습이 커지면서 전속력으로 달려왔다. 드디어 이 거대한 기계가 속력을 줄이더니 잔느의 눈앞을 서서히 지나갔고 이어서 제자리에 섰다.

잔느는 승강구 문을 열심히 쳐다보았다. 문이 열리며 사람들이 기차에서 내렸다. 작업복 차림의 농부, 광주리를 든 여인네들의 뒤를 따라 헝겊으로 싼 보따리 같은 것을 안고 있는 로잘리가 내렸다.

로잘리가 잔느에게 다가와서 말했다.

"그동안 잘 지내셨어요, 마님? 이제 돌아왔네요. 쉬운 일은

제13장

213

아니었어요."

잔느가 중얼거리듯 말했다.

"그래, 어떻게 됐어?"

로잘리가 대답했다.

"그 여자가 어젯밤에 죽었어요. 결혼식은 올렸어요. 자, 여기 아기가 있어요."

잔느는 아기를 기계적으로 받았다. 둘은 역을 나와 마차에 올랐다.

로잘리가 다시 말했다.

"도련님은 장례가 끝나는 대로 올 거예요. 아마 내일 같은 시각일 거예요."

잔느는 "폴……"이라고 중얼거렸을 뿐 아무 말도 하지 않았다.

잔느는 제비가 원을 그리며 화살처럼 가르고 날아간 눈앞의 허공을 똑바로 바라보고 있었다. 그러자 갑자기 감미로운 온기가, 생명의 열기가 그녀의 옷을 통해 다리로 전해졌고 그녀의 살 속까지 스며들어왔다. 그녀의 무릎 위에서 잠들어 있는 아이의 온기였다.

그러자 무한한 감동이 그녀에게 밀려왔다. 그녀는 갑자기 아직까지 보지 않은 아이의 얼굴을 덮고 있던 헝겊을 벗겼다. 자기 아들의 딸이었다. 그 연약한 것이 갑자기 비친 햇빛에 놀라 입술을 움직이며 파란색 눈을 뜨자, 잔느는 그 아이를 품 안까지 들어 올려 꼭 껴안고는 빗발같이 키스를 퍼부었다.

그러자 로잘리가 그녀를 제지하며 흡족한 표정을 지은 채 무뚝뚝하게 말했다.

"자, 자, 잔느 마님, 그만하세요. 그러다 울리겠어요."

그러더니 그녀는 마치 자기 자신의 생각에 답변이라도 하듯이 덧붙였다.

"따지고보면 인생이란 건 생각만큼 그렇게 좋지도 않고 그렇게 나쁘지도 않아요."

제13장

215

『어느 생애』를 찾아서

『어느 생애』를 읽고 난 후 여러분은 어떤 기분을 느꼈는가? 아마 무언가 쓸쓸한 기분에 젖지 않았을까? 이 소설을 읽고 우리는 왜 쓸쓸해질까? 우선은 여주인공 잔느의 애절한 삶에 동정을 느끼기 때문일 것이다. 하지만 그것만으로는 이 쓸쓸함을 설명하기 힘들다. 이 소설의 주인공보다 더 불행한 삶을 산 사람이 주인공인 소설은 얼마든지 많다. 그러나 이 소설의 주인공 잔느만큼 읽는 이를 쓸쓸하게 만드는 캐릭터는 그렇게 많지 않다.

우선 물어보자. 잔느는 왜 그렇게 불행한 삶을 살게 된 것일까? 사실은 특별한 이유도 없다. 그녀는 꿈 많은 처녀 시절을 보낸다. 그리고 그 꿈속에서 진정한 사랑이 자신에게 찾아오기를 기다린다. 그런데 현실에서 만난 남편은? 그녀가 환상 속에서 키운 백마 타고 온 남자가 아니다. 그는 이기적이고 인색한 남자일 뿐이다. 결혼하자마자 그녀의 환상은 깨진다. 그러나 그녀가 현실을 도외시한 채 너무 자신만의 환상 속에 빠져 있었기에 그런 불행이 찾아왔다고 말하는 것은 너무 가혹하다. 사람들은 대부분 젊었을 때 그런 환상에 젖기 마련 아닌가? 최소한 그런 환상조차 없는 젊음은 그 얼마나 메마른 것인가?

그녀가 아버지 교육에 의해 너무 세상 물정 모르고 순수하게 자랐기 때문에 불행해졌다고 생각할 사람도 있을 것이다. 순수한 자연 속에서만 기쁨을 느끼게끔 자랐기에 그렇게 되었다고 생각할 사람도 있을 것이다. 혹은 그녀가 부모님 성품을 물려받아 너무 착하기 때문에 불행해졌다고 말할 사람도 있을 것이다. 하지만 그것 역시 정당한 비판이 아니다. 잔느가 영악한 사람이었으면, 자연 속에서 기쁨을 찾지 않고 속세에서 즐거움을 찾았다면 그 불행에서 벗어날 수 있었을까?

혹은 그녀의 자식을 향한 맹목적인 사랑이 그녀의 삶을 비참하게 만들었다고 말할 사람이 있을지도 모른다. 하지만 자식을 향해 어느 정도 맹목적인 사랑을 지니지 않은 부모가 어디 있겠는가? 또 자식을 지나치게 사랑한다고 해서 꼭 불행해진다고 말할 수 있는가? 과연 잔느가 자식 폴을 향한 맹목적인 사랑을 자제할 수 있었다면 불행에서 벗어날 수 있었을까?

혹은 로잘리의 말대로 배가 불러서 하는 소리라고 잔느를 비판할 수도 있을 것이다. '매일 먹기 위해 정신없이 일을 해야 하는 사람들 입장이 되어봐라. 그러고도 땡전 한 푼 없이 비참하게 생을 마감하는 사람들의 입장에서 생각해봐라. 잔느는 그에 비하면 행복한 것 아닌가'라고 잔느를 비난할 수도 있을 것이다. 하지만 그 비난도 핀트가 어긋나 있다. 행복이란 것은 그런 물리적 조건으로 결정될 문제가 아니기 때문이다.

결국 잔느 말대로 그냥 운이 없었기 때문일까? 그렇게 불행한 삶을 살도록 운명이 정해져 있기 때문일까? 어찌 보면 그런 것 같기도 하다. 그래서 잔느는 딱 한 번 자살을 생각하기도 한다. 스스로 목숨을 끊는 것보다 그 가혹한 운명에서 벗어날 더 좋은 방법은 없다. 그러나 그녀는 그러지 못한다. 왜? 자기가 죽은 뒤 애통해 할 부모님 생각이 떠올랐기 때문이다. 그녀는 자살할 의지도 갖지 못했기에 그냥 혼절해버린다. 그리고 그냥 그렇게 불행한 삶을 살아간다. 그리고 바로 그 점이 이 소설을 읽는 우리를 쓸쓸하게 한다. 우리는 모두 그녀처럼 꿈을 가져보았고 그 꿈이 깨지는 경험을 해보았으며, 왜 나만 이렇게 불행한 삶을 살게 되었을까 한탄도 해보았고, 그러면서도 그녀처럼 그것을 운명으로 받아들이며 살아가게 되어 있기 때문이다. 우리도 어느 정도는 그녀처럼 쓸쓸한 삶을 살게 되어 있기 때문이다.

사실 우리는 모두 행복한 삶을 꿈꾼다. 그리고 어떤 삶이 행복한 삶인가 곰곰 생각해보기도 하고, 남들의 충고에 귀를 기울이기도 하며 행복의 길을 알려주는 책을 읽기도 한다. 모두 좋은 일이다. 그런데 문제가 있다. 행복한 삶을 살아야만 한다고, 인생은 행복해야만 한다는 생각에 너무 집착하다보면 정작 행복이 무엇인지도 모르고 행복을 느끼지도 못하며 살게 될 우려가 있다. 그런 삶만이 바람직한 삶이라는 환상에 젖어 있으면, 남들은 다 행복한 삶을 사는데 나만 불행하다는 착각에 빠질 우려가 있다. 아무리 보아도 자신의 삶에는 행복보다는 불행이 더 많은 것으로 여겨지기 때문이다. 하지만 그건 착각이다. 자신만 그렇게 불행한 것이 아니다.

인간의 삶은 절대로 즐거움만으로, 행복만으로 이루어져 있지 않다. 삶 속에는 즐거움도 있고 행복도 있지만 환멸도 있고 고통도 있다. 왜? 우리가 살아 있기 때문이다. 우리가 잘못 살고 있기에 고통스러운 삶을 살게 되는 것이 아니라, 우리가 살아 있다는 사실 그 자체로 우리의 삶 속에는 불행과 고통이 함께한다. 그게 바로 인생이다. 행복으로 눈을 빛내는 순간은 잠깐이고 그 뒤에는 또다시 환멸과 고통이 이어지는 게 바로 우리의 인생이다. 모파상의 『어느 생애』가 우리에게 쓸쓸함을 느끼게 해주는 것은, 바로 그 외면하기 힘든 사실을 우리에게 냉정하게 보여주고 있기 때문이다.

작품의 결말은 우리의 삶이 얼마나 그런 위안과 희망과 고통의 교차로 이루어져 있는가를 단적으로 보여준다. 잔느는 젖먹이 손녀를 품에 안고 감동을 받아 폭풍 같은 키스를 퍼붓는다. 그 꿈틀대는 생명에서 다시 꿈을 발견하고 희망을 갖는다. 그러나 우리는 그 환희와 희망이 영원하지 않다는 것을 알고 있다. 그러나 그것은 환상이 아니다. 그것이 바로 삶이다. 인생은 그런 희망만으로 이루어져 있지 않지만 그 헛된 희망이 없는 삶도 불가능한 게 바로 우리의 현실이다. 바로 그 사실이 우리를 쓸쓸하게 한다.

『어느 생애』를 읽고 우리가 느끼는 쓸쓸함은 우리를 위안해주는 쓸쓸함이기도 하다. 그 위안을 통해 우리는 로잘리의 도통(道通)한 듯한 마지막 말 "따지고보면 인생이란 건 생각만큼 그렇게 좋지도 않고 그렇게 나쁘지도 않아요"라는 말에 공감하게 된다.

어떤가? 로잘리의 그 말에 여러분도 공감하는가? 그렇다면 여러분은 잔느의 먹먹할 정도로 가련한 삶에 대해서 뿐만이 아니라 여러분 자신의 삶에 대해 짙은 애정을 발견하게 될 것이다. 우리가 세상을 살아가면서 꼭 해야 할 일이 있다면, 무슨 수를 쓰던 내 삶을 사랑하는 일이다.

참고로 이 소설은 우리들에게 『여자의 일생』으로 많이 알려져 있다. 이 소설의 프랑스어 원제목은 『Une Vie』이다. 정확히 옮기면 『여자의 일생』이 아니라 『어느 생애』다. 아마 초기 번역 과정에서 오류가 있었거나 의도적 오역이었을지도 모른다. 하지만 이 소설은 일반적인 '여자의 일생'을 그린 소설이 아니라 '어느 특정한 생애'를 그린 소설이다. 이 기회에 제목이 제자리를 잡았으면 한다.

모파상(Guy de Maupassant, 1850~93)은 1850년 노르망디주의 센느 마리팀에서 네덜란드 귀족 혈통을 지닌 귀스타브 드 모파상과 부르주아 계급의 어머니 로르 사이에서 태어났다. 그가 10세가 되던 해에 가족은 이 소설의 배경인 에트르타로 이사

했다. 예술적 재능이 풍부했던 그의 어머니가 귀스타브 플로베르와 어릴 때부터 친구였다. 그의 어머니는 모파상이 어릴 때부터 그가 훌륭한 문필가가 되기를 원해서 『보바리 부인』의 작가 플로베르에게 자기 아들을 제자로 받아들여달라고 부탁했고 플로베르는 받아들였다. 모파상은 그가 22세 되던 해인 1872년 파리로 갔고 두 천재 사이에 사제 관계가 맺어졌다.

고향을 떠나 파리로 온 모파상은 플로베르의 소개로 자연주의 소설의 거장인 에밀 졸라를 만나게 되고 그의 영향도 받게 된다.

모파상은 플로베르의 영향 아래, 초기에는 엄격한 사실주의 소설들을 주로 발표했다. 또한 플로베르의 영향으로 동사 하나, 형용사 하나를 선택하는 데도 심혈을 기울였다. 그 결과 그는 지금까지도 상황에 맞는 가장 적확한 표현을 한 작가들 중 하나로 꼽히고 있다.

모파상은 초기에는 단편들을 주로 썼다. 특히 1880년에 발표한 『비곗덩어리(Boules de Suif)』는 스승 플로베르로부터도 절찬을 받았다. 그는 작가 생활을 통하여 약 300편의 단편소설을 썼고 그 결과 러시아의 소설가 안톤 체호프와 함께 서구 근대 단편소설을 꽃피운 사람으로 꼽힌다. 하지만 그는 단편소설을 자신의 본령으로 생각하지 않았고 어디까지나 장편소설을 쓰기 위한 연습 과정으로 여겼으니 역설적이기도 하다.

그는 1883년에 『어느 생애』를 발표해서 모든 사람들을 놀라게 했다. 특히 그의 작품을 읽은 톨스토이가 빅토르 위고의 『레미제라블』 이후 프랑스 최고의 걸작 소설이라고 칭송한 것은 유명하다.

이후 그는 『벨 아미』 『피에르와 장』 등의 장편소설들을 계속 발표하여 호평을 받았지만 42세가 되던 1892년에는 정신이상 증세를 보여 자살을 기도하기도 한다. 그는 정신병원에 수용된 채 그곳에서 1893년 43세를 일기로 세상을 떠난다.

『어느 생애』는 여러 번 영화로 만들어져 사람들의 사랑을 받았다. 특히 프랑스의 스테판 브리제 감독이 연출한 2016년 작품은 아름다운 영상과 절제된 내용으로 수작이라는 평가를 받았다.

어느 생애

생각하는 힘: 진형준 교수의 세계문학컬렉션 66

펴낸날	**초판 1쇄 2021년 8월 30일**

지은이	**기 드 모파상**
옮긴이	**진형준**
펴낸이	**심만수**
펴낸곳	**㈜살림출판사**
출판등록	1989년 11월 1일 제9-210호

주소	**경기도 파주시 광인사길 30**
전화	**031-955-1350** 팩스 **031-624-1356**
홈페이지	http://www.sallimbooks.com
이메일	book@sallimbooks.com

ISBN	978-89-522-4305-8 04800
	978-89-522-3984-6 04800 (세트)